布尔迪厄社会学理论下的曹文轩作品英译研究

缪建维 / 著

🄖 吉林大学 出版社

·长　春·

图书在版编目（CIP）数据

布尔迪厄社会学理论下的曹文轩作品英译研究 / 缪
建维著 . -- 长春 : 吉林大学出版社 , 2020.6
　 ISBN 978-7-5692-6584-2

　 Ⅰ . ①布… Ⅱ . ①缪… Ⅲ . ①儿童文学—英语—文学
翻译—研究—中国—当代 Ⅳ . ① I207.8

中国版本图书馆 CIP 数据核字 (2020) 第 097595 号

书　　　名　布尔迪厄社会学理论下的曹文轩作品英译研究
　　　　　　BU'ERDI'E SHEHUIXUE LILUN XIA DE CAO WENXUAN ZUOPIN YINGYI YANJIU

作　　　者　缪建维　著
策划编辑　张宏亮
责任编辑　张宏亮
责任校对　周　鑫
装帧设计　昌信图文
出版发行　吉林大学出版社
社　　　址　长春市人民大街 4059 号
邮政编码　130021
发行电话　0431-89580028/29/21
网　　　址　http://www.jlup.com.cn
电子邮箱　jdcbs@jlu.edu.cn
印　　　刷　吉林省创美堂印刷有限公司
开　　　本　787mm×1092mm　1/16
印　　　张　9
字　　　数　150 千字
版　　　次　2020 年 6 月第 1 版
印　　　次　2020 年 6 月第 1 次
书　　　号　ISBN 978-7-5692-6584-2
定　　　价　40.00 元

前　言

　　本研究以中国本土儿童文学中最具代表性的一位作者——曹文轩的作品为研究对象，以布尔迪厄社会学思想为理论基础，以"场域""惯习""资本"概念为切入点，对其译介到英语世界的 11 部儿童文学作品译作进行了整体系统的研究。

　　在宏观层面，本论文探讨了与曹文轩作品英译有关的世界权力场和世界儿童文学场，研究发现这两个相关场域决定了曹文轩儿童文学有走出去的内外需求，也正是出于同样的原因，曹文轩儿童文学作品翻译为英语的数量与翻译成其他语言的数量相比不占优势。

　　在中观层面，本文分析了曹文轩儿童文学英译场域内部的布局，发现在这场社会大生产中，曹文轩本人、中国政府、出版社、译者、版权代理人等各方行动者都带着不同的资本积极参与。虽然曹文轩、中国政府、中方出版社都拥有较丰富的资本，但是，承担曹文轩儿童文学英译本生产的出版社和译者的资本整体偏弱，这为作品的接受带来了隐患。

　　在微观层面，本文从准确性、儿童性、文学性和异质文化性四个角度对这 11 部作品的中、英文本进行了对比分析。研究发现，呈现在英语读者面前的曹文轩儿童文学作品已经不是原来的面貌。译作虽然保留了中国故事的内核，但作品的文学性、儿童性、文化性均不同程度地有所损耗。翻译实践展现了译者惯习、资本和场域的影响，如中国儿童文学，乃至整个中国文学在世界文化场域中相对边缘的位置决定了译者们仍然倾向于采取归化策略；此外，译者不同的个人翻译惯习，使他们在翻译策略上体现出一些差异性，如《青铜葵花》和《羽毛》的英译者因为有长期给自己的孩子亲子阅读的经历，所以在处理作品中的童谣时展现出不同于其他译者的翻译惯习。

本研究还从图书馆馆藏量、网站销量、媒体书评和普通读者书评等角度对曹文轩英译作品的接受情况进行了分析，结果发现，11部作品中接受度真正比较好的，只有《青铜葵花》和《羽毛》两部，其他作品并没有受到读者应有的关注，其中很大一部分甚至还没有进入主流的销售渠道。本研究还发现，通过官方途径"送出去"的几部作品接受效果都不佳。接受效果的差异，有多方面的原因，有译本质量的原因，更有译本生产过程中其他行动者的原因。

根据上述发现，本文对中国儿童文学走出去提出了三点建议。第一，中国儿童文学走出去还取决于中国在世界政治权力场和世界儿童文学场中位置的变化，而对我们来说，首先必须增强国力、进一步繁荣中国儿童文学的创作；第二，在翻译策略上，今后一段时间还需要坚持归化为主的策略，因为对海外儿童读者来说，太多的异质性会造成理解障碍，从而影响译作的接受；第三，要对包括出版社和版权代理人在内的其他行动者给予更多的关注，因为他们对译作的生产、流通和接受都起着关键的作用。

本研究把宏观、中观、微观三个层面有机地结合了起来，在避免单一的文本内部研究的同时，还规避了社会翻译学容易陷入的"离心式研究"误区，除了关注译者以及其采取的翻译策略之外，还关注了翻译产品生产中的其他行动者，如出版社、版权代理人等，因此对中国儿童文学外译的成败得失具有更强的解释力。本研究发现，曹文轩儿童文学作品还未全面成功地走出去，相关的译作虽然吸引了世界的目光，但在某种意义上说仍然是失败的。曹文轩作品的11部译作中，真正走进英语世界的只有两部，而其他作品尚未进入大众读者的视野。这给我们的启示是：在选择好的译者、采取适合异域儿童的翻译策略的同时，还必须选择具有丰富资本的出版社等其他行动者。唯其如此，中国儿童文学才能行稳致远，更快、更好地走出去。

目　　录

第一章 绪论

20 世纪 90 年代，我国首次提出"中国文化走出去"战略，自此之后，在中国官方和海内外民间力量的共同努力下，各个门类、各种题材的中国文学作品前赴后继地走出国门，开始了异域世界之旅。从早些年的典籍外译，到 2012 年莫言获得诺贝尔文学奖后现当代文学外译的繁荣，再到近几年科幻小说、武侠小说等通俗文学陆续走出国门，中国文学外译的范围越来越广，步子迈得越来越大。新世纪以来，中国本土儿童文学也加入这股洪流，成为"中国文化走出去"事业的一股重要力量。实践的繁荣，亟须理论的指导帮助中国儿童文学更好地走出去。本文尝试以曹文轩儿童文学作品英译为例，展开系统、深入的研究，以求取得一定的成果，指导中国儿童文学外译实践。

1.1 研究背景

中国儿童文学源远流长，植根于五千年中华民族的文化沃土，进入近现代时期，"又以开放兼容的胸襟，吸纳以欧美为典型的外国儿童文学新元素、新样式，从而形成现代中国儿童文学"（曹文轩，2012）。然而，很长一段时间内，随着大量的外国儿童文学作品被译介到国内，中国本土儿童文学的光辉一度被遮盖。所幸的是，20 世纪 80 年代以来，尤其是新世纪以来，经过几代儿童文学作家的努力，中国本土儿童文学正逐步发展起来。

在自身取得发展的同时，中国儿童文学界一方面萌发出在世界儿童文学场域中巩固自己地位的内在需求，一方面有国家"中国文化走出去"倡议的外在压力和动力，也加快了走出去的步伐。中国儿童文学开始以各种形式迈出国门，被译介到欧美和亚洲其他国家。尤其是曹文轩 2016 年获得安徒生奖以来，中国儿童文学日益活跃在世界儿童文学舞台上。曹文轩、杨红樱、沈石溪等一批中国优秀儿童文学作家的作品被译介到国外。

中国儿童文学走出去，既是必要的，又是可行的。

从必要性来看，"在全世界，儿童图书占市场份额都在 15% 左右，超过大多数成年人图书类别，很多欧美国家占比高达 18%—20%"（沈利娜，2013:44），可见儿童是未来文化舞台的主角，把中国文化传播给异域读者，要从儿童抓起。儿童是一个国家的新生力量，是将来的中坚力量，让外国儿童读者有机会阅读中国的儿童文学作品，让他们看到今日中国儿童的生活与精神面貌，被他们所理解并接受，对"中国文化走出去"具有重大的意义。

从可行性来看，优秀的儿童文学作品，能反映出人类共同的情感和利益诉求，与成人文学相比，更不容易受到国家之间政治和文化界限的限制，更容易赢得他国、他民族的读者，因此是最容易"走出去"的图书品种。

因此，中国儿童文学外译是"中国文化走出去"中非常重要的一部分，对其展开研究势在必行。

1.2 研究目的和问题

在"中国文化走出去"的浪潮下，越来越多的中国本土儿童文学以实物输出和版权输出的形式走出国门，吸引新的读者，甚至站到了世界儿童文学的最高领奖台上，我们为之欢欣鼓舞。

然而，在中国儿童文学外译实践繁荣的背后，针对中国儿童文学外译的研究却凤毛麟角，尤其是未能获得领域内知名学者的关注。翻译理论研究能对翻译实践起到反拨作用，指导实践，这也正是前些年典籍翻译和近些年现当代文学翻译成为热点研究问题的主要原因之一。对儿童文学外译的研究，不仅能够拓宽翻译理论研究路线，更能为儿童文学翻译实践，尤其是儿童文学外译实践提供理论指导，提高译作质量，以及完善译介的其他环节，找到更为合理的途径从而助力中国文化走出去。

曹文轩，在众多中国儿童作家中，是海外译介之路走得最为顺畅的一位，不仅大量作品得以输出版权，而且在2016年一举获得"安徒生国际儿童文学奖"这一世界儿童文学领域的最高奖项。因此，对曹文轩儿童文学外译尤其是英译展开研究，对指导中国儿童文学走出去具有重要的指导意义。然而，曹文轩作品的海外译介，尤其是在英语世界中，到底是什么样的状况，除了散见于媒体只言片语的评论外，截至目前为止，没有相关的深入研究。本研究尝试回答：曹文轩儿童文学是否成功地走进了英语世界？成因如何？具体来说，本研究将回答以下几个小问题：

1）曹文轩儿童文学英译场域受到其他相关场域怎样的影响？

2）曹文轩儿童文学英译本生产阶段中的行动者（agent）各自带着怎样的资本（capital）在译本生产阶段进行了怎样的竞争？

3）曹文轩儿童文学英译本生产实践中译者采用了怎样的翻译策略？这些策略以实践的形式受到了怎样的翻译惯习和资本的影响？

4）曹文轩儿童文学作品在英语世界的接受状况如何？原因如何？

5）曹文轩儿童文学英译本的生产和接受对中国儿童文学走出去有怎样的启示？

1.3　研究方法

翻译既具有语言性，又具有社会性。译者在翻译时，对翻译文本和翻译策略的选择都会受到社会的制约，翻译产品完成后的流通和接受同样要受到社会的制约。本文在研究曹文轩儿童文学英译时，借鉴社会学理论中布尔迪厄（Pierre Bourdieu）的"场域""惯习""资本"等概念，将曹文轩儿童文学作品英译本的生产和接受还原到社会背景下，在宏观、中观和微观三个层面展开研究，尝试回答上文提出的五个问题。

宏观层面，从整体上认识曹文轩儿童文学英译，将其视作一项整体社会活动，研究其与其他场域的联系，探究其与当时的社会文化之间的互相影响、互相制约的关系，考察社会的各方面对译者、翻译活动以及翻译产品（英译本）

所施加的作用和影响。

中观层面，考察曹文轩儿童文学英译场域的参与者以及他们各自在生产过程中发挥的作用，并考察翻译产品最终的接受情况，除了研究译界最关注的《青铜葵花》外，还关注其他英译出去的作品，以了解曹文轩儿童文学作品在英语世界译介的全貌。

微观层面，将关注曹文轩儿童文学文本本身的英译操作，观察译者在翻译时所采用的翻译策略，并分析其背后的资本和惯习。事实上，有学者认为社会翻译学研究的主要对象是翻译的外部因素，但为了保持该研究范式的生命力，需要适度的"文本回归"（周俐，2013），正是考虑到这点，本研究在进行宏观研究和中观研究的同时，也将微观研究结合进来。

本研究具体进行过程涉及了以下几种方法：

文献研究方法： 该研究考察曹文轩儿童文学作品的英译情况，需要搜集相关作品的出版概况、翻译依据版本、译者背景、接受情况如何等问题。要查找包括书评、馆藏情况、译本在售情况等大量文献材料并加以甄别。

分类研究方法： 分类研究是科学研究的基本方法之一，便于我们对研究对象的认识和分析。通过对曹文轩英译本的正文本、副文本、文本外资料的整理与分析，对这些资料进行一番异中求同和同中求异的探索与分类。

对比研究方法： 研究要通过对曹文轩英译本以及其原著的对照阅读，寻找原、译文间可观察到的特征，以及不同译本呈现出的翻译共同特征和个体差异，来发现译者的群体惯习和个体惯习，并确定译者行为背后起作用的社会与个体因素。

个案研究法： 个案研究法是社会学中比较成熟的方法之一。在本研究中，将曹文轩儿童文学作品英译看作一个整体，尽可能搜集相关资料，对这一翻译现象进行完整的描述和分析。

1.4 研究意义

1.4.1 理论价值

中译外研究近些年才进入翻译研究者的视野，尚处于探索阶段，研究路线尚不够成熟，研究成果还不够丰富。中译外研究除了要关注翻译策略本身之外还应关注其他环节，如翻译选材、译作的发行和推广、译作的接受等（许钧，2014），本论文对曹文轩儿童文学英译本的研究符合当下中译外研究的研究路向，是对这一研究路径研究成果的充实，具有理论意义。

1.4.2 实践价值

在"中国文学走出去"呼声高涨的当下，究竟如何才能让中国文学既"走出去"，更"走进去"，是翻译界和文化界关心的热门话题。在走出去的过程中，究竟是应该以版权输出为主，还是以实物输出为主？究竟应该优先译介哪些作品？在翻译过程中到底该采取怎样的翻译策略才能使得作品既走出去又不走样？什么样的翻译产品会更容易既"走出去"又"走进去"？除了作品翻译本身之外，我们还应该关注哪些方面和哪些行动者？本研究虽重点关注曹文轩儿童文学作品的英译，但其研究成果能回答以上一些共性的问题，能为更大层面上中国文学、中国文化走出去的实践提供一些启示。

1.4.3 创新价值

1）研究对象的创新

曹文轩是中国儿童文学作家中版权输出最多的一位，然而，译界仅对其《青铜葵花》和《草房子》两部作品进行过研究，本论文将他的其他英译本也纳入研究范围，涵盖长篇小说、中短篇小说和图画书等多种文体，有利于对其作品的英译状况进行全面的分析，使得结论更具完整性和科学性。研究对象具有创新性。

2）研究路径的创新

本研究的社会学视角将对曹文轩儿童文学英译本的整个生产过程进行考察与研究，在一个新的视角下进行研究。作为一种社会化大生产，翻译产品的生产是场域中诸多参与者的合力。以往考察文化产品的英译时，我们往往忽视译者之外的物质生产参与者，关注译者以及其劳动成果——译本更多，而本研究除了关注译者和译本之外，还关注了翻译产品生产中的其他因素，如出版社、版权代理人等，并分析了他们之间的关系。本研究是宏观、中观、微观三个层面研究的结合，既避免了僵化的单一的文本内部研究，又规避了社会翻译学容易陷入的"离心式研究"误区，具有创新性。

3）研究结果的创新

本研究发现曹文轩儿童文学作品还未全面成功地走出去，11部译作中，真正走进英语世界的只有两部，而其他作品甚至都没有进入大众读者的视野。这对我们是一个警醒。从对其原因的分析可知，要重视选择具有丰厚资本的出版社，要采取适合异域儿童读者的翻译策略等，更对中国儿童文学走出去具有重要的借鉴意义。结论具有创新性。

1.5　论文结构

论文的第一章介绍了论文的研究背景、研究目的、研究方法和研究意义，并对整篇论文的章节分配作了介绍。

论文的第二章分为两部分。第一部分首先介绍了本论文的理论框架，社会翻译学的起源、发展、主要流派、优缺点将在这部分得以阐述，接着着重介绍其中布尔迪厄的"场域、惯习、资本"理论的主要观点。第二部分首先回顾中西方的儿童文学翻译研究，再重点聚焦中国儿童文学外译研究，最后重点关注曹文轩儿童文学的外译尤其是英译研究目前的研究状况和研究成果。对这两部分都作了回顾之后，分析了布尔迪厄社会翻译学理论和曹文轩儿童文学英译研究的契合性。

第三章将曹文轩儿童文学英译置于大的社会背景下，探索世界权力场域和世界儿童文学场域如何对曹文轩儿童文学英译场域产生影响。

第四章关注这批译作生产过程中的行动者，研究他们拥有的资本以及为了进一步争夺资本在场域中所做的努力。

第五章聚焦选材和翻译本身，通过文本细读总结译者采取的翻译策略，总结不同译本呈现的翻译共同特征和个体差异，并分析译者行为背后起作用的社会与个体因素。

第六章从获奖情况、图书馆馆藏、书店销量、普通读者的评价以及媒体书评角度考察这些译作物质生产完成后的接受状况，并分析其背后的原因。

第七章为结论部分，总结本研究的研究发现和对中国儿童文学走出去的启示，研究局限性和未来研究空间也将在本章展开。

第二章 理论基础与文献综述

在开展本论文的核心研究之前，我们有必要对布尔迪厄社会学理论以及国内外此视角下的翻译研究情况进行简要的梳理，接着对中国儿童文学外译和曹文轩儿童文学外译的研究情况进行回顾，在此基础上，再寻找两者的契合点开展研究。

2.1 社会翻译学的起源与发展

当代西方翻译家詹姆斯·霍姆斯（James Holmes）在 1972 年发表的文章《翻译研究的名与实》（*The Name and Nature of Translation Studies*）（Holmes，1972/1988），被认为是"社会翻译学"研究的开始。该文中，霍姆斯提出"社会翻译学"（socio-translation studies）的构想，但当时并没有引起很大的反响，这一理念随之沉寂了相当长一段时间。

2005 年，由 Moria Inghilleri 编辑的国际权威翻译学期刊《译者》（*The Translator*）出版了一期专刊——《布尔迪厄与翻译社会学》（*Bourdieu and the Sociology of Translation and Interpreting*），收录了一些将布尔迪厄理论应用于翻译研究的论文，既有理论探讨的文章，也有具体的案例分析。

2007 年，《构建翻译社会学》文集（*Constructing a Sociology of Translation*）出版，这一著作被认为是布尔迪厄社会学视角下将翻译理论应用于实践研究的经典之作（石转转，李慧，2017），由沃夫（Michaela Wolf）和佛卡里（Alexandra Fukari）合作完成，提出要从理论上构建"翻译社会学"。自此，翻译社会学路径开始获得更多的关注。

2014 年，专著《翻译与社会导论》（*Translation and Society: An Introduction*）出版（谢尔盖·图勒涅夫），代表了西方社会学路径翻译研究的最新进展（王洪涛，2017）。

与西方相比，国内将社会学的路径应用于翻译研究要迟于西方，但近年来也涌现了不少成果，有理论构建方面的探讨（胡牧，2006；王洪涛，2011），有对社会翻译学存在问题的反思（武光军，2008；赵巍，2013），有对西方社会翻译学路径重要理论和最近进展的介绍（唐芳，2012；宋安妮，2014），有将其用来解释其他翻译理论（王传英，2013），有将其用于建构文化外译研究体系（仲伟合，冯曼，2014），而更多的研究则是借鉴布尔迪厄社会翻译学中几个具体的理论框架对鲁迅小说和莫言小说的译介进行阐释与分析（蔡瑞珍，2015；汪宝荣，2014），以及对茅盾、马君武、新月派等翻译家和翻译团体的翻译活动进行的阐释与分析（周俐，2013；陆志国，2014；屠国元，2015）。

目前国内利用社会翻译学路径进行的翻译研究仍然以微观层面为主，这一领域的研究成果最多，然而"社会翻译学的建设，其要害和弱项既不在于个案的微观层次，也不在于理论的宏观层次，而恰恰在于中间层次，即利用扎实可靠的社会学分析框架，将其纳入典型的翻译活动，进行有效结合式的研究。这个研究，就是瞄准具有全局意义的成块的事实，进行的扎实的持续不断的研究"（王宏印，2016：序）。本论文要进行的研究，也正是考虑到这一现状，兼顾了宏观、中观和微观三个研究层次，曹文轩儿童文学作品英译本正是这里提到的"具有全局意义的成块的事实"。

2.2 社会翻译学的主要特点与观点

社会翻译学与翻译研究的其他路径相比，能更有效地揭示出翻译活动的社会属性。它关注翻译活动中所涉及的各个主体之间互相竞争、互相合作的整个过程，将翻译这一社会实践置于宏大的社会体系进行描写与重构，在更大的体系中寻求解释，是一个更宏观、更全面的视角。

它主张将所谓翻译"内部研究"的微观问题置于社会背景下进行考察，因为如果忽视翻译与其所处环境的联系，仅仅从翻译文本本身来研究，得出的研究成果类似于真空状态下产生的结果，可能具有局限性甚至是虚假的（冯曼，仲伟合，2014：58）。

社会翻译学研究视角下的翻译研究不仅关注译中操作，也同样关注翻译的其他环节，如译前准备和译后流通，不仅关注语言，也关注其他行动者和社会文化因素等。社会翻译学既对"制约和影响翻译文本选择、生产和接受"（Wolf，2007：28）的宏观社会文化因素感兴趣，也关心翻译活动中的语际转换、文本生产、翻译策略等微观问题。其中后者在过去的社会翻译学研究中一度被忽视，在近年许多学者提出"文本回归"后，也日益得到重视。

2.3 社会翻译学的优点和局限性

社会翻译学的优点之一主要表现在它摒弃了以往翻译研究中常常出现的机械的二元对立，如主体与客体、内部与外部、微观与宏观等，在以往翻译研究的研究范式上有进一步的发展，丰富了研究的视角，揭示了翻译活动社会运作机制（王洪涛，2016：10）。另一大优势，是其从社会学中借鉴了问卷调查、访谈等实证研究方法，丰富了整个翻译学研究的方法论体系（王洪涛，2016：11）。

当然，社会翻译学也有其自身的局限性，主要表现在：尽管社会翻译学用来分析文学翻译活动，但对其中一些微妙因素，如偏重审美与艺术再现的因素，仅仅考虑历史性、社会性与政治性，恐怕难以作出精当的阐释（王洪涛，2016：12）。因此，在用社会学视角对翻译现象进行分析时，还应结合考虑其他因素，不能将所有的翻译现象都归于社会因素。

2.4　布尔迪厄理论

社会翻译学研究模式主要包括布尔迪厄的社会实践理论、卢曼的社会系统理论以及拉图尔的行动者网络理论。布尔迪厄理论在其中应用最为广泛。

皮埃尔·布尔迪厄（Pierre Bourdieu，1930-2002）是法国著名社会学家、思想家、哲学家，是欧洲当前社会学研究的三大代表人物。

布尔迪厄文化生产理论将文化产品的生产放在历史条件复杂的社会关系网中，探讨文化产品的生产与接受。布尔迪厄提出了他的文化生产理论的核心公式：[（惯习）（资本）+ 场域 = 实践]（1984 布尔迪厄），认为实践是惯习、资本和场域三者联合的结果。这一公式能够为翻译研究提供一个科学的理论框架，体现了个体的主体性和社会的客体性之间的相互渗透。

这三个概念相互依存、互相影响。场域的本质是行动者凭借自己所拥有的资本进行权力斗争的场所。当惯习与被称为场域的斗争领域相遇时，实践就发生了，实践就是惯习、资本以及场域之间互相影响的结果。在社会场域空间中，社会行动者以其原有的资本，在惯习的驱使下，不断累积各类资本，从而维护并进一步提高自身在社会场域中的地位，最终获得更多的利益。

2.4.1　场域

场域被定义为"在各种位置之间存在的客观关系的一个网络，或一个构型"（布尔迪厄，华康德，2004），是一种无形的社会关系网。在这个网络中，拥有较多资本的行动者占据着中心位置，而拥有较少资本的行动者则处于边缘位置，拥有资本更多的一方尽可能地巩固和维护其既得位置和权力，而另一方则通过不断累积资本，夺取更多的权力，从而达到相互之间位置的调整与竞争。

根据所涉对象的不同，场域可以划分为不同种类，如政治权力场域、经济场域、文学场域、科学场域、新闻场域等。每个场域都相互独立，有着维持自身运转的规律，各个场域之间又相互关联、相互影响。

2.4.2 资本

资本是指行动者们在场域中积累的劳动，可以细分为经济资本、文化资本、社会资本和象征资本四种形式。经济资本主要涉及与物质形式相关的资本；文化资本指个体的教育背景、职业及获得的文化资源；社会资本指个体在社会中的各种人际关系；象征资本指用来表示礼仪活动、声誉或威信等的资本（Bourdieu，1997）。

这些资本构成了行动者的社会实践工具，在场域空间中，行动者依靠自己所拥有的资本与其他行动者竞争，争夺自己在场域中的位置。行动者通过不同类型资本间的相互转换，来实现资本的再生产。资本的持有者为了巩固自己在场域中所占的位置或为了避免资产的贬值，将其所持有的资本转化为在再生产过程中对其更有利、更合法的资本类型。

一方面，资本是行为者参与场域斗争的必要和重要的筹码，另一方面，资本也是参与者在场域中参与斗争的最终目标所在。

2.4.3 惯习

惯习是布尔迪厄社会学的核心概念，也是与场域紧密相关的一个概念。布尔迪厄将惯习定义成一套"定势系统"（system of dispositions），是人在家庭成长、学校学习、工作、社会交往等过程中逐渐习得的社会规律（Bourdieu，1990）。惯习实质上是一种无意识的行为，即惯习并非行动者主观意志的产物，因此，不能用意识来控制，而是行动者长期以来积累历史经验，在受到激发时自然呈现出来的实践方式。行为者的行为基于惯习，行为是惯习的外在表现形式。

惯习既具有被结构化特征也具有结构化特征（Simeoni，1998）。被结构化特征说明惯习是个体在长期的社会生活中形成的具有稳定特征的习惯，既不是"天生的"，也不是"偶然、随机的"；结构化特征则指惯习一旦形成，就会与现实存在的规范"产生互动"，参与规范的"构建"过程（刑杰，2007）。

2.5 布尔迪厄理论在翻译研究中的应用

将布尔迪厄的三个核心概念用于研究翻译活动，凸显了翻译活动本身的社会属性，有助于理解参与翻译大生产过程的各行动者发挥作用的机制，更科学、全面地理解翻译。

沃夫认为布尔迪厄的理论提供了一个有影响力的框架用于研究翻译实践中的权力关系（Wolf，Fukari，2007）。这么多年来，也确实得到了广泛的应用。用布尔迪厄的理论去看待翻译活动，翻译活动就成为行动者为获取资本、争夺显赫地位而进行的一场激烈竞争。我们将布尔迪厄理论中的几个概念运用到翻译研究中，得到以下几个概念：

2.5.1 翻译场域

西方学者 Jean-Marc Gouanvic 明确地肯定了翻译场域的存在，并将其视为文学场域的一部分（2005）。作者、出版社、译者、编辑、评论家、读者都是重要的行为者，他们一起参与竞争，共同完成翻译产品从生产到接受的完整参与过程。这一过程证明翻译是一个具有自身独特运作规律的场域。在这个场域中，各行动者构成各种社会关系，相互交织和作用，要理解翻译产品的完整生产和接受过程，就要理解这些相互关系。

除此之外，政治领域、经济领域、文学场域等也与翻译场域共同存在并产生互动。这种互动关系，也是我们要研究的对象，能帮助我们更好地理解翻译场域。

2.5.2 翻译资本

在翻译产品的生产和接受过程中，诸多的行为者都各自拥有自己的资本。如原作者拥有文化资本、社会资本和象征资本，出版社拥有经济资本、社会资本和象征资本，等等。从社会学角度研究翻译，就是要去研究对翻译行为和翻译产品起作用的是哪些资本，以及这些资本各自发挥了什么作用。

仅以翻译场域中的行动者译者为例，其资本就是译者所累积的劳动，以文化资本、社会资本和象征资本的形式存在于译者身上。译者想要加入到翻译场域参与斗争首先要拥有作为文化资本的语言资本，比如基本的双语转换能力、对目的语文学与文化的熟悉，这是译者能够参与到翻译场域斗争的基本条件。此外，译者是否占有足够多的社会资本（如与出版社的关系）和象征资本（如业内的知名度）也是能参与某些翻译活动的门槛，如国家翻译实践的代表性项目"大中华文库"对译者的要求就非常高。是否拥有足够多的译本不仅决定译者能够参与翻译场域斗争，也决定了其在翻译场域中的位置，读者更倾向于购买"名家名译"就是一个典型的例子。参加场域竞争的译者通过输出客观化的文化商品（译作）参加到场域竞争中、努力追求各种形式的资本，可以是经济资本、文化资本和象征资本。

2.5.3 译者惯习

译者是翻译产品生产阶段的主要行动者，从原文本的选择到具体的遣词造句，译者无时无刻不在作出选择，但译者的选择并非杂乱无章，而是遵循着一定的规律的。

译者的这种选择，最初被"翻译规范"理论所解释，然而，在实际翻译操作中，译者经常会作出有违翻译规范的行为，布尔迪厄提出的"惯习"正是对其更有说服力的解释。译者在翻译生产过程中，采取怎么样的具体行动，来自于译者内在的力量，这种力量会驱使着他以一种自认为是最合理的行为方式作出各种选择，发挥他的主体性，这种力量，正是译者惯习。译者惯习影响到翻译物质文化生产活动的整个过程，从译材的选择到翻译的具体操作（包括原文理解、译文表达和译稿校改等）。

译者惯习又分为场域惯习和个人惯习。在同一场域的参与者会习得某些相同的场域惯习、并建立某些一致的行为倾向。场域惯习是与经济条件、教育背景相似的更大型社会团体共有的，并非是某一译者独有的。但是，译者个体的社会化经历不同，于是又呈现出独特的个体惯习。因此，同一位译者既具有某些场域惯习，又具有独特的个体惯习。从惯习角度研究翻译既要关注译者如何在与场域中其他参与者的互动中形成场域惯习，又要关注译者个体化的社会经历如何使译者形成个体惯习，还要关注随之产生的场域惯习和个体惯习如何影响其翻译实践。

尤其值得关注的是：译者的惯习也不是一成不变的。一个典型的例子就是莫言的"御用翻译家"葛浩文：葛浩文的译者惯习在他的翻译生涯中也发生了变化，从最早的《红高粱》到后来的《生死疲劳》等，随着译作接连出版，翻译经验逐步累积，以及中国政治和文学地位的提高，葛浩文的译者惯习，包括原作的选择、翻译观、翻译策略及操作方式，也发生了较大的变化（贾燕芹，2016）。

2.6　国内外儿童文学翻译研究

由于多方面的因素，儿童文学自诞生起就位于文学系统的边缘地带，再加上翻译研究本身地位也不高，因而儿童文学翻译从 20 世纪中叶兴起以来在翻译理论界常常不受重视，值得欣喜的是，近二三十年来，研究者们正对之投以越来越多的关注（Lathey，2010）。尤其是近十年，研究队伍逐步壮大、研究成果明显增多。以下部分将对国内外儿童文学翻译研究情况进行梳理。

2.6.1 国外儿童文学翻译研究

20 世纪的国外儿童文学翻译研究成果主要有两部代表性专著，分别是 Tiina Puurtinen 的《儿童文学译作中的语言可接受性》（*Linguistic Acceptability in Translated Children's Literature*）（1955）和《译者手中的儿童小说》（*Children's Fiction in the Hands of the Translators*）（1986）。

进入新世纪以来，儿童文学翻译研究发展更为迅速，成果更加丰富。有五部专著面世，分别是：Jan Van Coillie 和 Walter P. Verschueren 的论文集《儿童文学翻译中的挑战和策略》（*Children's Literature in Translation: Challenges and Strategies*）（2006）和 Riitta Oittinen 的《为儿童而译》（*Translating for Children*）（2006）。

2006 年由 Gillian Lathey 编著的《儿童文学翻译读本》（*The Translation*

of Children's Literature: A Reader）出版，对 2006 年前三十年欧洲儿童文学翻译研究成果进行了整理。

2010 年 Gillian Lathey 的《儿童文学翻译中译者的角色：隐身的讲故事人》（*The Role of Translators in Children's Literature: Invisible Storytellers*）出版，研究的时间跨度从对公元 9 世纪一直到现代，对此期间的英国儿童文学译者开展了个案研究，研究他们的生平、译作、翻译特点和翻译思想，以及他们的贡献。

2016 年，由 Gillian Lathey 撰写的《儿童文学翻译导论》（*Translating Children's Literature*）由劳特里奇（Routledge）出版社出版。

除了专著之外，也有相当数量的此方面的论文发表。论文主要发表在 *Meta, Perspectives, Target, The Translator, Studies in Translatology* 等权威期刊上，其中发表数量最多的为 *Meta*，其 2003 年的专辑就收录了来自三大洲 17 个国家的论文 25 篇。

这些专著和论文从多角度对儿童文学翻译进行了考察。主要可以分为比较微观的文本内部研究和比较宏观的文本外部研究。

微观方面的文本研究以规约式研究为主，讨论的方面涉及双关语（Weissbrod, 1996）、语旨（Puurtinen, 1998）、专有名词（Nord, 2003）、人名（Yamazaki, 2002）、歧义（Alvstad, 2008）、文学性（Steffensen, 2003）、时态转变（Lathey, 2003）、叙述模式（Kruger, 2011）等。这些从微观处着眼的研究关注译本语言的准确性和可读性，能够对翻译实践起到指导作用。其不足之处主要在于研究局限于静态、封闭的文本内部，而很少关注文本的外部因素，研究具有局限性。

宏观方面的文本外部研究以描述性研究为主，更多地关注文本以外的其他因素，如赞助人、意识形态，等等，将翻译活动还原到社会大背景当中，来解释翻译动机、选材、策略、和接受。有的研究关注译者在儿童文学翻译活动中的作用（Shavit, 1986; Klingberg, 1986; Dollerup, 2003; O Sullivan, 2003; Lathey, 2010; Stolze, 2003），有的研究更多地关注读者（Hounlind, 2001; Romeny, 2003; Mazi-Leskova, 2003; Wyler, 2003; Coillie, 2008）；有的研究关注儿童文学翻译与社会外部因素的关系（Puurtinen,

1995；Lu，1999；Kruger，2011；Mejdell，2011；Beckett，2003；Inggs，2011；Thomson Wohlgemuth，2003）。这些研究打破了只专注文本本身的封闭研究模式，将翻译活动还原到社会大背景之下，注重分析社会中其他因素和翻译的互动关系，拓宽了儿童文学翻译研究的研究途径。

总体来说，国外的儿童文学翻译研究微观与宏观层面并存，规约性研究与描述性研究并存，后者有逐渐增多的趋势。

2.6.2 国内儿童文学翻译研究

相比之下，国内的儿童文学翻译研究仍处于比较初级的阶段，研究成果数量尚可，但层次相对不高。

我们使用"儿童文学翻译"作为主题在中国知网搜索，搜索到期刊论文和学位论文共计 1413 篇（检索日期：2019 年 3 月 10 日），但是这其中，硕士论文就有 732 篇，占到了半数以上，其他 681 篇为期刊论文。

硕士论文占研究成果的半数，研究层次还偏低，更重要的是，在 681 篇期刊论文中，发表于外语类核心期刊的仅有 19 篇，下文先对这 19 篇文献进行分析和回顾，以管中窥豹，总结出我国目前儿童文学翻译研究的现状。

从论文发表的时间来看，1988 年 1 篇，1991 年 1 篇，1998 年 1 篇，2004 年 1 篇，2014 年 3 篇，2015 年 4 篇，2016 年 2 篇，2017 年 3 篇，2018 年 3 篇，研究成果主要集中在 2014 年之后。

第一类研究为西方儿童文学翻译理论著作的书评。李宏顺（2014）介绍了 Gillian Lathey 所著的《儿童文学翻译中译者的角色：隐身的讲故事人》的主要内容，指出了其特色和不足之处。黄文娟和刘军平（2018）总结了 Gillian Lathey 撰写的《儿童文学翻译导论》的主要内容，指出了其特色、意义、不足，对儿童文学翻译实践提出了多个建议。

第二类研究成果主要回顾了国内外儿童文学翻译研究。李宏顺（2014）对 2014 年之前三十年的国内外儿童文学翻译研究进行了总结，并展望了未来的研究趋势，提出了儿童文学翻译研究领域的多个空白点。应承霖（2015）则集中对 2015 年之前三十年的国外儿童文学翻译研究进行了梳理，指出国外儿童文学翻译研究领域宏观研究正在兴起和繁荣，并对我国儿童文学翻译研究提出了建议。

第三类主要是采用语文学研究范式，这类研究主要产生于 20 世纪八九十年代。徐家荣提出了儿童文学翻译对译文的几点特殊要求（1988），如"通俗易懂、忠实原文""语言优美，合乎规范""切合个性""口语特色鲜明"，并以儿童文学作品的俄译汉为例，探讨如何再现原作的儿童形象的技巧（1991）。严维明（1998）分享了他为花城出版社翻译《汤姆索亚历险记》时的体会，提出要"译出童味""化难为易""多加停顿""注意逻辑"。曹明伦（2016）结合大量实例讨论了儿童文学作品的篇名的翻译问题。

第四类研究为翻译史研究，张建青（2015）回顾了清末对域外儿童文学的译介情况，介绍了译文、译者和译介方式，具有史料价值。李文娜和朱健平（2015）将我国儿童文学翻译活动分为清末民初、五四时期、三四十年代和新时期四个阶段，探索了不同阶段的儿童观和儿童文学是如何作用于译者从而影响儿童文学翻译的。

第五类为语言学途径的研究。张道振对《爱丽丝漫游奇境记》的英汉文本进行了对比（2015），分析了句法特征，发现译者没有译出原文中重要的句法特征，因此导致了译文中奇幻世界的去神秘化。

第六类从译介学角度开展，董海雅（2017）以曹文轩的《青铜葵花》英译本为研究对象，从译介的主体、内容、途径、受众以及效果五个方面探讨了这部译作是如何成功译介的。

徐德荣是儿童文学翻译领域成果最多的一位研究者。他指出儿童文学的译者应该"有强烈的文体意识、熟悉儿童的语言、洞察儿童心理"（2004），才能创作出好的儿童文学翻译。他提出儿童文学翻译批评的标准为儿童本位的等效翻译（2014），并提出准确性、可读性、儿童文学性三个具体参数，采用综合分析 + 文本分析结合法，提出了"求真——务实"的儿童文学综合批评模式（2017），并对杨静远和任溶溶的《彼得·潘》译本进行了分析和统计。他尤其关注儿童文学翻译中风格再造问题，提出了儿童文学翻译风格再造的新思路，提出要从语音、语相、语用和语篇四个层面进行风格再造（2018），研究发现曹文轩《青铜葵花》英译本中因为擅自改变句式、选词不当以及不当省略重要信息，从而影响了作品的风格再造（2018）。他借助社会符号学框架，分析了《哈克贝里·费恩历险记》两个版本中人物对话的翻译，考察了译本中对文体风格的再现，提出在翻译这类作品时，要"紧扣对话的文体特征，忠实而全面地再现原文的语用意义，以最大程度地实现译文与原文对等"（2017）。此外，他还关注了特殊的儿童文学——图画书的翻译（2016），认为译者要加强文图意识，准确把握图画书文字，突出语相。

总体来看，外语类核心刊物上此类研究以微观研究为主，研究路线比较传统，关注的研究对象也比较单一，且以外译中为主，仅有一篇与中译外有关。

相比而言，大量的非核心类论文和硕士论文因为基数大，关注的方面和采取的研究路径比较丰富。研究多从以下方面展开：翻译标准研究、翻译方法（策略）研究、儿童文学复译研究、译者主体性研究、儿童文学翻译批评研究，采取的理论视角有：接受美学、目的论、描写理论、系统功能语言学、关联理论、哲学、生态学等。这些论文以具体作品特定翻译策略的描述和评价居多，研究对象和路径重复率高，自主创新的内容少。

此外，也有两部专著问世，一是李丽 2010 年所著的《生成与接受：中国儿童文学翻译研究（1898—1949）》，从诗学、赞助者、语言和译者性情四个角度对 1898—1949 年期间的儿童文学翻译活动的生成过程进行了描述与分析，以比较文学接受学的研究模式对这期间儿童文学翻译作品在中国的接受进行了考察，利用渊源学和流传学考察了儿童文学翻译作品对中国儿童文学创作产生的影响。第二部专著则是徐德荣 2017 年所著的《儿童本位的翻译研究与文学批评》，讨论了文体风格、社会规范、衔接连贯和译者素养等核心文体，并探讨了儿童文学翻译批评研究的框架。

近年，国家社科基金项目和教育部人文社科项目中也出现了对儿童文学翻译的研究，如徐德荣 2012 年获得的"谁为孩子而译？——中国儿童文学翻译的理论与实践"和 2014 年获得的国家社科基金项目"儿童文学翻译的文体学研究"。

总体来说，中国儿童文学研究虽然近年来热度有所上升，但与国外相比，仍然显得薄弱，专著数量和比较有价值的论文数量也少得多，没有引起大量高水平学者的关注，研究的范围不够广，研究的路线也显得单一，低水平重复研究多，尚有大量的研究空白点值得关注。

2.7　中国儿童文学外译研究

从以上分析可见，国内对儿童文学翻译研究虽然与之前相比已有逐渐升温，但与国外此领域的研究相比依然薄弱，不管是量上还是质上都有较大差距，其中与中国儿童文学外译相关的更是薄弱。现存研究主要分为以下两类：

第一类：文本外部研究。此类研究不关注语言处理本身，关注外部因素。

《中国故事与纯洁童心——论曹文轩获奖的意义与启示》探讨了曹文轩获奖带来的意义与启示，认为曹文轩的获奖对中国儿童文学发展具有重大的意义，增强了国内儿童文学作家的自信（杜伟，2017）。王泉根（2013）在《中国儿童文学走向世界的意义》中指出中国儿童文学走向世界可以帮助世界认识中国、可以促进世界各国儿童文学互相理解、认识和交流。《"一带一路"倡议下中国儿童文学的外译及其"走出去"的意义和对策》分析了中国儿童文学走出去的现状、意义、优势、存在问题和对策（农柠宁，2018）。以上3篇论文的研究内容和结论有诸多重合之处。

《曹文轩儿童文学作品的海外传播及启示》（王静，2018）介绍了曹文轩儿童文学作品中文英文版本分别在海外的传播情况、海外读者对《青铜葵花》的评价情况，并分析了曹文轩儿童文学作品成功"走出去"的启示。《探索中国当代儿童文学"走出去"的新途径》（李虹，2018）以杨红樱中英双语童书馆为例，对该项目的策划实施以及市场前景作了深入分析和思考。

《中国童书走出去的可能性与必要性——以海豚出版社〈中国儿童文学走向世界精品书系〉为例》（眉睫，2013）回顾了海豚出版社在带领中国童书走向世界过程中所付出的努力，探讨了中国童书走出去的可能性与必要性。

第二类：文本内部研究。这类研究关注翻译过程本身，是狭义上的翻译研究。绝大多数以曹文轩作品的英译为案例分析的对象，仅有1篇例外。

《跨文化交流中的中国文学英译》（张群星，2013）分析了杨红樱的《淘气包马小跳》的英译本，探讨了其在版式、人物名字、内容及语言等层面的改变，研究发现，我国原创儿童文学在通往英语文化的路上，发生了诸多翻译上的改写，以适应强势的英语文化。

关于曹文轩作品的外译研究留待下节讨论。

可以看到，对中译外话题的研究基本上是近几年集中出现的，这与中国文学走出去实践的热点有关。

综上所述，目前中译英研究存在以下问题：

第一，从研究层面看，现有研究以微观层面的个案分析为主，缺乏对全局或对某个历史时期的考察与研究。中国本土儿童文学外译是多层次的实践活动，个人、国家、出版社等都是重要的参与者，不仅涉及文本本身，还涉及到其他领域如政治领域等各种错综复杂的关系。我们要对外译获得系统、全面的认识，就不光要对其进行微观研究，宏观、中观研究也非常重要。

第二，从研究对象上看，呈现出明显的单一性。目前的中国儿童文学外译研究主要集中在曹文轩的《青铜葵花》这一部作品，绝大多数作品及其译本尚未引起关注。除了曹文轩外，也有很多儿童文学作家的作品被译介出去，值得研究。

第三，从研究水平看，研究还不够深入，仅限于普通学术期刊，只有两篇文章发表于《山东外语教学》，说明这方面研究还没有引起翻译理论界的足够关注。

第四，从研究视角上看，现有的研究采取的理论视角有传播学、美学、翻译规范等。中国儿童文学的外译活动还涉及到政治、经济、文化、宗教、军事等各个领域，因此，有必要引入新的理论视角就这些方面对其进行研究。

2.8　曹文轩儿童文学外译研究

在中国儿童文学外译研究中，关于曹文轩儿童文学作品的外译研究占了大半壁江山。研究主要包括以下两类：

第一类为个案研究。这类研究在所有研究中占比最高，其中多数是关于《青铜葵花》的外译研究，研究所采用的视角主要有对话理论视角（张丽艳，2017）、翻译伦理视角（杜玉，2017）、美学视角（曹娟，2018；徐德荣，

2018）、译介学（董海雅，2017；孙宁宁，2017），其中 3 篇为硕士论文。《青铜葵花》受到的关注也较多，研究采用的视角主要有文体学（潘雯辰，2015）、译介学（伏方雯，2018）、优势竞赛论（张树芳、2017），三项研究均为硕士论文。翟丽豪（2017）从评价理论视角对《甜橙树》英译本进行了研究，本研究也为硕士论文。

第二类为相对宏观的研究。杜明业（2017）和王静（2018）介绍了曹文轩儿童文学作品在海外的传播情况、海外读者的评价情况、成功走出去的原因及其启示。张苇（2018）和张晓（2018）从传播学角度对曹文轩儿童文学作品走出去进行了分析，分析了译介主体、译介内容、译介渠道、译介受众和译介效果。此外，季丽晔（2017）介绍了曹文轩儿童文学作品在日本的译介情况。

总体来说，对曹文轩儿童文学作品的研究，视角比较丰富，文本内研究和文本外研究都有，但研究层次不高，主要集中于硕士论文，创新性也不够强。

2.9　小结

本章分析了社会翻译学尤其是布尔迪厄的理论对翻译研究的适用性，又分析了中国儿童文学外译研究的现状，认为布尔迪厄理论和曹文轩儿童文学英译研究有着很大的契合性。

曹文轩儿童文学作品被翻译成英语，以译本的独特形式存在、并有其生产的诸多行动者构成社会关系时（作者、中国政府、中方出版社、版权代理人、国外出版社、书评人、读者），也就产生了曹文轩儿童文学英译场域。在这个场域内，参与者为了竞争各自的资本参与了翻译产品的生产，他们不同程度地互动和关联。此外，曹文轩儿童文学英译场域与其他众多场域如中国儿童文学场域发生互动。因此，布尔迪厄社会翻译理论和曹文轩儿童文学英译研究具有很好的契合度。本研究试图解释在翻译过程中，不同的资本、译者的惯习在翻译场域中如何相互作用，并从中总结分析出一些对未来中国儿童文学外译有用的原则和策略，希望能够对未来更多的实践起到一定的参考作用，帮助中国本土文学与文化走向世界。

　　布尔迪厄多次阐明用来分析行动者实践的三个步骤：首先，分析文学场或艺术场（在社会中占统治地位的权力关系或者指统治阶级）的位置；其次，分析文学场的结构（如分析行为者为获取场域的合法地位而展开的竞争以及行动者自身的客观化特征）；最后，分析生产者的习性生成，如分析产生实践的结构化和被结构化的性情倾向（Bourdieu，Johnson，1994）

　　对应到本论文的研究对象，就是以下三个步骤：首先，分析曹文轩儿童文学英译场域在社会上各个场域中的位置，分析几个场域之间的互动关系；其次，分析曹文轩儿童文学英译场域的结构以及其中的行为者带着怎样的资本参与了竞争和互动；最后，分析惯习是如何形成（即被结构化）的，又是如何对接受结果产生影响（即结构化）的。翻译策略是译者惯习的外在表达方式，因此在分析惯习之前，将对原文译文对照分析以总结译者采用的翻译策略。

第三章 世界权力场中的
曹文轩儿童文学外译

翻译实践不是在真空中进行的，只有在将其还原到社会大语境之后进行观察和考量才能看得更清楚。如前文所叙，场域具有相对的自主性和独立性，但同时，各场域之间又相互关联，相互影响。要考察曹文轩儿童文学作品英译，就离不开对它相关场域的探究。在本章中，我们将着重考察曹文轩儿童文学英译的相关场域，重构世界权力场和世界儿童文学场域，并分析其对曹文轩儿童文学作品英译的影响。由于曹文轩儿童文学外译直至 21 世纪才发生，因此以下讨论我们以 21 世纪的情况为重点。

3.1 世界权力场

由于资本的质量与数量、类型与总量在社会空间分布不均，不同场域之间的地位并不平等，存在支配与服从关系。一般来说，文学场包含在权力场当中并处于被支配地位。因此，在分析曹文轩儿童文学外译这一文化场之前，有必要先考察其所在的政治权力场，并探究后者对前者的归导与制约作用。

21 世纪以来，世界权力场内部结构发生了变化，由 20 世纪的欧美一个中心，转变为中西方各有一个中心。欧美老牌资本主义国家虽然已经日益显现出颓态，但依然保持主导地位。中国作为重要的东方力量，正在崛起。世界经济日趋一体化，不同国家之间竞争与合作并存；政治上不同的政治意识形态并存，美国虽有同化中国等国家之野心，但有心无力。

在这样的世界权力场下：世界其他国家希望了解中国这股新崛起力量，

而中国也热切地想让其他国家了解我们，展现我们的实力，权力场的变化辐射到了文化场。

3.1.1 异域读者"译入"的需求

浅尝辄止、仅仅满足猎奇需求的东方故事在今日已难以满足西方读者的需求，他们渴望对中国有更深入、更透彻的了解与思考。西方世界开始主动引进我国文学作品。仅以美国为例，夏威夷大学出版社出版了"现代中国小说丛书"（*Fiction from Modern China*）、美国印第安那大学出版了"中国文学译丛"（*Chinese Literature in Translation Series*）和"维泽赫德亚洲丛书"（*Weatherhead Books on Asia*）等。2008 年，美国俄克拉荷马大学美中关系所创立了首个华语文学奖项——"纽曼华语文学奖"（Newman Prize for Chinese Literature），我国多位作家如莫言、韩少功、杨牧、朱天文、王安忆等都曾经获此殊荣。其他国家如英国、法国、德国、西班牙等也都对中国文学表现出强烈的兴趣，主动与中国出版商接洽，译介中国文学作品。英语世界对中国当代文学的译介不仅数量众多，而且呈现出多元化、多样性的特点。

一些海外民间力量也成为主动"译入"中国文学的重要力量。纸托邦（Paper Republic）网站就是其中的典型代表。它由几位英语母语人士创办，他们熟悉中国中英双语语言和文化，目前网站共有译员 100 多人。网站的核心成员"一方面，在网站大量发表博文介绍世界范围内中国当代文学的翻译出版、接受情况，或是发布各种有关中国当代文学作品、作家的动态信息；另一方面，他们当中不少人居住在中国，与中国各种机构合作，从事中国当代文学翻译工作，对中国当代文学作品的翻译与国际传播发挥着实质性的作用"（王祥兵，2015：46）。

3.1.2 中国官方"译出"的需求

在国外主动"译入"中国文学的同时，中国也在主动"译出"。面对西方积极了解中国的需求，在中国日益强大的国力和文化影响力的支撑下，中国政府采取了多项措施帮助中国文学走出国门，争取国家的文化利益，在中国文学外译场域中扮演了重要的角色。中国政府在翻译政策制定、机构设置、资金投入等方面采取多项措施，目的是为了输出中国文化，树立国家在国际上的形象，增强国家的"软实力"，维护国家文化利益。这是权力场反映在文化场的一种特殊的翻译行为，我们称其为"国家翻译实践"。具体采取了如下的措施：

1）设立与文化外译有关的各种机构

中国政府设立了多个与文化外译有关的机构，为文化外译实践提供理论指导和政策支持，搭建平台。

2004年，中国"对外传播研究中心"成立，专注于对外传播理论与实践的应用研究、国际舆论研究和对外传播效果评估。

2014年，"中国翻译研究院"成立，它隶属于于中国外文局，是一家专业研究机构，聚集了国内外著名的翻译家、汉学家、跨文化研究专家等，范围涉及翻译和对外话语体系应用型研究、重大对外翻译项目实施、高端人才培养和翻译与传播领域的国际化文化交流平台的搭建。

2015年，中国文化部外联局与北京大学共建中国文化翻译与传播研究中心，并同时开设中国文化译研网，促成中国文学作品、电视剧、电影的版权输出。

遗憾的是，截至目前为止，中国政府还未专门设立与中国儿童文学外译相关的组织机构，但即便如此，上文所述的几个国家机构的运营也对中国儿童文学外译事业产生了正面积极的影响。

2）设立各种"工程"和"计划"

在中国国家经济实力实现飞跃，但文化实力仍然滞后的情况下，中国政府直接投入大量的经济资本参与到文化场中，资助各组织机构和个人进行中国文学外译。

2004年，启动了"中国图书对外推广计划"（国务院新闻办与新闻出版总署）。

2006年，启动了"中国当代文学百部精品对外译介工程"（中国作家协会）。

2006年，发起了重点项目"经典中国出版工程"（新闻出版总署）。

2009年，发起了"中国文化著作翻译出版工程"（中国作家协会）。

2010年，启动了"中国文学海外传播"工程（新闻出版总署）。

这些项目通过提供资金支持鼓励国内出版社译出中国文学作品、鼓励国外出版社译入中国文学作品。在国外，译作的发行量并不是很大，因此出版社很多都不愿意出版译作，有了中国政府经费上的支持，出版的障碍就小了很多。

中国政府的这些项目多针对广义上的中国文学外译，可以覆盖到中国儿童文学作品的外译，如"中国图书对外推广计划""国家文化出口重点项目""经典中国国际出版工程"等项目等，对儿童文学外译同样给予资助。成功走出去的范例《青铜葵花》英译本的翻译和出版就得到了中国对外推广办公室的资助。

3）鼓励和督促出版社开展国际合作

国家对出版社这一图书实物输出和版权输出的直接执行者，除了上文提到的资金资助外，也采取了其他各种鼓励措施。一方面鼓励出版社将国内翻译出版的物质产品（图书）出口到国外，另一方面鼓励国内出版社采取联合出版、版权转让等形式与国外出版社合作，协力开拓海外市场。

"走出去"成为出版单位肩负的新的重要职能。10 年前，国家对出版社没有硬性"走出去"的要求；5 年前，在国家政策引导和经济利益的驱动下，一些出版单位自主选择走出去，"而目前则成为不可推卸的责任和必须完成的'硬指标'，成为出版社业绩的重要组成部分，成为国家对出版集团、出版集团对下属出版社进行考量的重要板块"（樊希安，2010）。2016 年，总局启动"图书版权输出奖励计划"，奖励那些在走出去中表现突出的出版单位。

国家的鼓励和督促对专业文化机构——出版社决定以多大的步子走出去起到了至关重要的作用。专业的童书出版社和其他出版社的童书出版部门同样受到国家这方面政策的影响。

4）积极举办国际书展

中国政府积极创造机会，帮助中国作家走出国门和国外出版社面对面交流，增加其"曝光率"，举办和参加书展就是其中一种重要途径。书展上的主宾国活动能够使得国外读者迅速集中地了解我国文化（鲍晓英，2016）。在历届的巴黎图书沙龙、法兰克福书展、伦敦书展、首尔国际书展、莫斯科国际书展上都曾出现过中国出版社和作家的身影。

为了更好地向全世界展现中国儿童文学发展的成果，也为了更好地了解世界儿童文学，促进双向版权交易，2013 年起，在国家新闻出版总署的指导下，上海市新闻出版局、中国教育出版传媒集团有限公司、环球新闻出版发展有限公司共同主办了上海国际童书展，2018 年前又增加了一个主办方——博洛尼亚展览集团。至今为止，已经举办了六届，促成了几百项童书版权交易。上海童书展还创办了国际出版人访问计划，邀请来自世界各地的顶级专家走访上海多家出版社和书店，与中国童书出版机构负责人、版权经理、编辑和作家开展业务洽谈，深层交流版权交易、出版和中国作家作品国际推广等事项。

3.2　世界儿童文学场域

世界儿童文学的黄金时代于 19 世纪中期最早在英国出现。19 世纪后半期，英国现代儿童文学繁荣发展，在世界上开始确立先进的、首要的地位，很长一段时间内，一直保持这样的地位，从译介到中国的大量英国儿童文学作品中可见一斑。

美国儿童文学发端要晚于英国儿童文学，但是二战之后，迅速繁荣起来，赢得了大量的小读者。二战后，北欧国家儿童文学地位上升，在世界范围内吸引了相当部分的儿童阅读者，但就优秀作品的数量论，北欧儿童文学只占一定份额，更多的佳作依然来自英语地区。

在 20 世纪，大量的英美文学作品被输入到包含中国在内的世界其他国家，深入全世界小读者的内心，成为他们童年记忆的一部分。进入 21 世纪以来，这种格局依然存在，英美文学作品的中心地位不可撼动。中国童书销售榜上英美儿童文学作品依然占据半数。

中国儿童文学是世界儿童文学不可或缺的一部分，具有自身的民族传统、审美表达和现代精神。它发端于五四时期，走过了近一个世纪的曲折发展历程，如今已经进入了"黄金时期"。经过百余年来五代作家的辛勤耕耘，已成为世界儿童文学大国，并正在向强国迈进（王泉根，2017）。为了从整体上把握中国儿童文学场域的发展脉络，本研究作了一个完整的梳理。中国儿童文学场域的变化经历了以下几个时期：

1）民国时期

中国现代儿童文学在这一时期开始发端。这段时期主要是借鉴与参照外国儿童文学译本，从中汲取养分，或是其丰富的幻想，或是故事情节，或是艺术技巧，又或是语言形式。在此基础上，中国儿童文学作家边整理原有的民间儿童文学，边开始进行独立创作。

2）中华人民共和国成立到改革开放前夕

这段时间的儿童文学，受到政治意识的束缚，进入了发展的停滞期。数量不多的儿童文学带着浓重的政治和说教意味，是成人本位的"儿童文学"。

3）改革开放到 20 世纪末

1978 年，中国开始改革开放，权力场域的变化带来了文化场域的变化，中国儿童文学进入了一个崭新的时期。

一大批长期停止创作的中老年儿童文学作家，以极大的热情再次投入儿童文学创作，同时又有一大批年轻作家加入这支队伍，儿童文学作家数量迅速增加。此外，有更多的出版社将儿童文学出版纳入其业务范围。

儿童文学开始艺术解冻和创新，逐渐回归文学自身，儿童文学作家们开始进行多样化的探索，逐步拓展文学视野和写作疆界，语言、情节、艺术手法都有突破和创新。

经过 80 年代的激情探索与实验，以及 90 年代的"稳步前进"，整个中国儿童文学的艺术纯粹性、开阔性、丰富性都得到了史无前例的提升。

4）新世纪

21 世纪，中国儿童文学在 20 世纪末基础上继续繁荣发展，进入"黄金时期"。在少儿出版的图书中，最受小读者欢迎、占市场份额最大的正是儿童文学，在全国出版的文学类图书里，儿童文学也占了半壁江山。

儿童文学的繁荣首先体现在出版社数量上。截至 2017 年，全国范围内绝大多数出版社都积极参与了少儿类图书市场的竞争。名牌大出版社也开始瞄准少儿读物出版，如：2009 年 8 月，经国家新闻出版总署批准，人民文学出版社将原有附属外国文学出版社更名为专业少儿出版社——天天出版社，大举进军少儿读物出版，并且在成立之初，就将儿童文学确定为其业务重点，这其中的趋势，足以体现儿童文学势如破竹的发展势头。

儿童文学的繁荣其次体现在作家数量上。在 20 世纪末的基础上，又有一大批富有才华的青年儿童文学作家涌现，如黄蓓佳、殷健灵等，成为中国儿童文学创作的新兴力量。许多传统意义上的成人文学作家，也陆续加入到儿童文学写作中来。儿童文学作家队伍已由三十年前的几十人增加到现在的老中青三千多人、骨干作家一千多人。

儿童文学的繁荣还体现在图书市场所反映出来的数据上。在童书出版里，儿童文学图书所占的份额越来越大，已经超过了一半。现在国内原创儿童文学的图书码洋已经占到整个少儿图书市场近半的比例。

在国内儿童文学一片繁荣的形势下，中国儿童文学亟需走出国门，到英语世界为自己呐喊，证明并巩固自己在世界儿童文学场域的地位，这也是其内在发展的必然需求。国内儿童文学对外交流、译介和传播事业亟需持续推进。

3.3　中国儿童文学外译场域

曹文轩儿童文学英译内嵌于中国儿童文学外译场域，是其中的一个有机组成部分，因此，我们有必要先从全局的角度作一番探讨。

中国儿童文学外译始于改革开放之初，当时只有少量的中国原创儿童文学向域外输出，如上海少年儿童出版社的童话《宝船》输出到日本，外文出版社的《叶圣陶童话选》被输出到多个国家。再后来，叶圣陶、冰心、张天翼、陈伯吹等作家的作品也陆续被译介到国外。总体来说，这跟当时中国在世界权力场所处的位置密切相关。

近年来，世界权力场中中国力量的崛起，相应地带来文化场域中中国所占位置的变化，国外出版社、民间力量对中国文学兴趣渐浓，并付诸实际行动，中国政府为了实现国家的文化利益，采取多种途径帮助中国文学走出国门，再加上中国儿童文学本身的发展，在世界儿童文学场域所处的位置也发生了变化，急需走出国门证实自己和稳固自己的地位。几股力量合在一起，共同使得中国儿童文学外译场域发生了变化。

越来越多的中国儿童文学作家的作品跨出了国门，对外译介和作品传播日益深入，彰显了中国儿童文学图书的原创力量，中国儿童文学在世界版图的地位更加凸显。这一变化更是在中国儿童文学作家曹文轩获得安徒生儿童文学奖之后达到了顶峰，小说和图画书领域尤其突出，具体情况如下：

1）长篇小说

大批优秀长篇小说作品被译介到欧美、日本、韩国、东南亚等地。其中最知名的无疑是2016年获得国际安徒生文学奖的曹文轩，他的《青铜葵花》等多部作品被译成多种语言走出了国门，置身于世界儿童文学场域中。儿童文学女作家杨红樱的作品实现了全球全语种版权输出，为儿童原创文学走向世界赢得了巨大声誉。黑鹤、祁智、黄蓓佳、秦文君等作家的版权也都纷纷输出到欧美和东南亚等国。多位作家还曾凭借其输出的英译本获得"安徒生文学奖"提名，如孙幼军、金波、秦文君、张志璐和刘香萍。

2）原创图画书

图画书是进入新世纪以来中国新兴起的一种新的图书形式。尽管历史不长，但在相关场域的影响下，一些优秀的原创图画书已经输出版权，反响良好，曹文轩也有多部原创图画书的版权得以输出。

截至2013年底，950种中国儿童文学作品被翻译成14种语言输出到超过110个国家和地区，共计200万卷。据美国神侃出版社创始人大卫雅各布森统计，自2005年到2017年，译入英文国家的中文青少年书籍达63本。

从输出国家来看，中国儿童文学的版权输出从前多集中在与我们文化接近的国家，如新加坡、马来西亚，这些国家的国民对中国文化更为了解，中国儿童文学作品"走出去"相对容易。近年来除了继续向东南亚文化圈输出外，也开始转向进军欧美图书市场。随着"一带一路"倡议的实施和深化，"一带一路"沿线国家也成为中国儿童文学图书输入的主要目标国家。

但因为我国版权输出统计工作长期不到位，所以对我国新世纪儿童文学作品外译的量化统计存在较大难度，这也将是本研究的后续研究中要进一步探讨的话题。

3.4　曹文轩儿童文学外译场域

　　权力场和文化场内部的布局也影响着曹文轩儿童文学外译场域内部的位置安排。要理解这一点，我们首先要了解曹文轩儿童文学外译目前的全貌。

　　曹文轩可以被认为是中国儿童文学作家走出去的成功典范。他的多部作品被国外出版社购买版权并翻译和出版。国际儿童读物联盟主席张明舟介绍："近些年，曹文轩的作品频繁地被国外出版社购买版权。据不完全统计，已被译为英文、法文、德文、日文、韩文、希腊文、瑞典文、爱沙尼亚文、越南文等，版权输出的作品达六七十种之多，其中已经出版或者即将出版的外文版本有35种"（张明舟、曹文轩：2016）。经检索，各出版社网站和期刊论文中提到的曹文轩的版权输出有以下35种：

中文书名	中文初版时间和出版社	外译本输出或版权输出情况
小说（19）		
《山羊不吃天堂草》	1991年12月 江苏少年儿童出版社	韩国（2008年）、日本、 阿拉伯语（2018年）
《草房子》	1997年 江苏少年儿童出版社	意大利（2016年）、埃及（2017年）、 日本（2017年）
《根鸟》	1999年4月 春风文艺出版社	韩国（2018年） 阿拉伯语（2018年）
《细米》	2003年6月 春风文艺出版社	韩国、德国、意大利（2016年）、 埃及（2017年）、日本（2017年）、俄语、 阿拉伯语版（2018年）
《红瓦黑瓦》	2005年3月 江苏少年儿童出版社	韩国
《青铜葵花》	2005年4月 江苏少年儿童出版社	罗马尼亚、土耳其、西班牙、越南、英国、 新西兰、澳大利亚、印度、美国、德国、 意大利、韩国、斯洛文尼亚、法国、葡 萄牙、日本、阿拉伯国家等50多个国家

续表

中文书名	中文初版时间和出版社	外译本输出或版权输出情况
《甜橙树》	2012 年 4 月 天天出版社	国内双语版（2016 年）
《灰娃的高地》	2013 年 5 月 明天出版社	国内双语版（2016 年）
《曹文轩画本·草房子》	2014 年 4 月 湖北少儿出版社	南非（2018 年）
《凤鸽儿》	2015 年 3 月 天天出版社	国内双语版（2016 年）
《火桂花》	2015 年 3 月 天天出版社	国内双语版（2016 年）
《白马雪儿》	2015 年 5 月 天天出版社	国内双语版（2016 年）
《火印》	2015 年 5 月 天天出版社	阿尔及利亚语版（2018 年） 蒙古（2016 年）
"大王书"之 《黄琉璃》 《红纱灯》	2016 年 4 月 接力出版社	美国、尼泊尔、新加坡（2016 年）
《蜻蜓眼》	2016 年 6 月 江苏少年儿童出版社	英语（2017 年）、西班牙语版
《萤王》	2018 年 3 月 天天出版社	日本 阿尔及利亚语版
《穿堂风》	2017 年 4 月 天天出版社	阿尔及利亚语版
《蝙蝠香》	2017 年 8 月 天天出版社	阿尔及利亚语版
《丁丁当当》	2012 年 1 月 中国少年儿童出版社	全球数十个国家和地区
图画书（16）		
《痴鸡》	2010 年 6 月 明天出版社	韩国（2012 年） 德国（2017 年）

续表

中文书名	中文初版时间和出版社	外译本输出或版权输出情况
《最后一只豹子》	2010年10月 明天出版社	韩国（2011年）
《马和马》	2012年3月 明天出版社	韩国（2012年） 德国（2017年）
《天空的呼唤》	2012年1月 江苏少年儿童出版社	美国（2018年）
《羽毛》	2013年9月 中国少年出版社	20多个国家
《烟》	2014年4月 二十一世纪出版社	新西兰
《小野父子去哪儿了》	2015年1月 天天出版社	阿联酋
《萌萌鸟》系列	2015年4月 中国少年儿童出版社	新西兰英文版（2016年） 荷兰语版（2018年）
《帽子王》	2015年5月 天天出版社	阿联酋
《远方》	2015年5月 天天出版社	丹麦、印度
《失踪的婷婷》	2015年5月 天天出版社	瑞典、阿联酋
《夏天》	2015年9月 二十一世纪出版社	法国、新西兰、美国、韩国、瑞典、埃及、尼泊尔
《风吹到乌镇时累了》	2015年10月 天天出版社	印度、塞尔维亚、阿联酋
《瞧瞧我的花指头》	2015年12月 天天出版社	阿联酋
《鸟和冰山的故事》	2016年10月 二十一世纪出版社	韩国、瑞典、法国、新加坡、越南等多个国家和地区（2018年）
《云朵一样的八哥》	2017年7月 接力出版社	10多个国家

从上表中，我们可以发现一些规律，而布尔迪厄的场域理论对这些现象具有较强的解释性。

1）曹文轩儿童文学走出去采用的主要是版权输出的形式，即国外出版社从中国引进作品的版权并翻译、出版、发行，仅有《甜橙树》（"中国儿童文学走向世界"中的一本）和"曹文轩汉英双语作品集"（含《凤鸽儿》《火桂花》《灰娃的高地》《白马雪儿》）是商品输出的形式，即国内出版社把原作翻译成外文，再通过国家发行渠道输出到国外（如赠送到国外大使馆、图书馆等）。两种途径共存，互为补充，这恰好和上文分析的权力场位置变化导致国外的"译入"需求和中国的"译出"需求相呼应。

2）在35种能统计到的实物或版权输出的作品种，输出到英语国家的数量并不多。文化行为相对于政治变动有个滞后期，尽管上文提及美国一些出版社和民间机构在主动译介中国文学，美国人仍然习惯于在文化场域的中心地位，鲜少关注非英语文学，译入文学依然处于边缘地位。英国的儿童文学长期处于世界儿童文学场域中心，因此，对中国儿童文学的译入情况也大抵类似，甚至更为萧条一些。

3）在译介出去的儿童文学作品中，图画书占很高的比例，这与曹文轩近年新的创作重点有关，更与中国原创图画书在世界文学场域中地位的上升有关。

4）曹文轩作品的版权被多个国家引入，早期版权输出主要面向韩国等与我国文化相对接近的亚洲国家，后辐射到英美国家，近些年来与北欧（如瑞典、丹麦、挪威）、东北亚（如俄罗斯、白俄罗斯）、南美洲（如巴西、阿根廷）、伊斯兰教国家（如土尔其、埃及、马来西亚等）的合作也开始逐渐增多，随着中国"一带一路"共建计划的逐步推进，沿线国家如蒙古、尼泊尔、阿尔巴尼亚等也成为中国儿童文学作品的版权输出目的地。这也正是权力场在文化场的辐射效应。

5）近几年曹文轩儿童文学作品外译有增多的趋势，其中一些作品的初版是在很多年前，并非新近创作，但直至近年版权才得以输出，这既与权力场变化的时间段有关，也与文化场中中国位置的变化有关。

曹文轩在2016年问鼎安徒生文学奖，也正是这一重量级奖项的获得为其累积了更多的社会资本、象征资本，从而促进了更多的作品走出国门，提高了中国儿童文学在整个文学场域中的地位。

3.5　小结

通过对世界权力场、世界儿童文学场、中国儿童文学外译场域的分析，我们找到了曹文轩儿童文学作品英译场域在世界儿童文学场中的位置，并将其成因归结为世界政治权力场在文化场域的投射，有利于本研究完成后将其再放到大背景中对中国儿童文学作品外译提出切实可行的建议，这也正是本研究的实践意义所在。

第四章 曹文轩儿童文学英译的
物质生产

曹文轩儿童文学英译本的物质生产是场域中多方行动者（agent）在彼此互动与潜移默化中的影响中完成的一次社会化大生产，在这个过程中有哪些行动者参与，他们的资本占有情况如何？他们在场域中付出了怎样的努力从而进一步累积资本？最终的物质生产结果如何？本章尝试回答以上问题。

4.1 物质生产行动者

在曹文轩儿童文学英译生产过程中，作者、中国政府和儿童文学界、出版社、译者、版权代理人都利用自己现有的资本，积极进行资本交换，共同促成了曹文轩儿童文学作品英译本的物质生产的完成。

4.1.1 作者

哪些作品会进入译者或出版社的视野，最终又有怎样的接受效果，原作的生产者即作家所拥有的资本是关键因素之一。

曹文轩是中国儿童文学界的领军人物之一，他具有儿童文学作家和北大中文系教授的多重身份，因此具备双重文化资本、社会资本和象征资本。

曹文轩出版了30余部长篇小说、短篇小说和散文集，作品的价值在市场上得到了认可。他的儿童文学作品在国内童书市场长期占据畅销书排行榜前列。代表作包括《草房子》《青铜葵花》《根鸟》等，其中《草房子》作为其代表作引发了持续的阅读热情，许多学校将其列入了课内或课外的阅读书目，截至到 2017 年，这部作品仅在少年儿童出版社就出版了 7 个版本，合计印刷 189 次，总发行量达 642 万册。《青铜葵花》也畅销多年，2014 年，江苏少年儿童出版社特意为《青铜葵花》举行了"百刷"纪念会，那时这本书已经印刷了 100 次，销量高达 200 万册。曹文轩的其他作品也多次以作品集的形式一版再版。仅以当当网在售图书为例，以作品集形式出现的曹文轩作品就有天天出版社的"曹文轩精装典藏版"、江苏少年儿童出版社的"曹文轩纯美小说作品及最新作合集"、天天出版社的"曹文轩新小说系列"、安徽少年儿童出版社的"曹文轩儿童文学获奖作品"、中国少年儿童出版社的"曹文轩经典作品世界著名插画家插图版"，等等，出版社的参与度和作品品种的丰富程度，在中国儿童文学作家中都可算是首屈一指了。市场的高度认可为曹文轩积累了丰富的经济资本、象征资本和社会资本。

除了得到市场的认可外，在专业领域，他的优秀作品为其赢得了众多奖项。在国内，他获得各种省部级以上学术奖和创作奖 40 余项，如中国作家协会儿童文学奖、宋庆龄儿童文学奖、冰心文学奖、全国优秀儿童文学奖和国家图书奖等众多奖项。在国际上，他在 2016 年获得"安徒生儿童文学奖"这一儿童文学界的最高奖项。众多奖项的获得，肯定了曹文轩拥有的文化资本，又为其累积了更多的社会资本和象征资本。

近年来，他除了继续坚持其专长的领域——长篇小说之外，还尝试涉足儿童图画书领域。在国内儿童文学作家中，他率先尝试图画书的创作，已经推出了 50 余部作品，如"中国种子世界花"系列和"小皮卡系列图画书"。他的图画书作品题材多元、叙事手法多样、具有国际化视野等。这一新的创作领域的成果为其增加了文化资本和象征资本。

曹文轩的身份除了是中国儿童文学界的知名作家外，还是北大中文系教授，他从 1977 年起就开始在北大任教。他有着深厚的文学理论素养，著有大量高水平的学术专著和论文。其学术涵养不仅使得他受到北大学生的欢迎，也为其在社会上带来了广泛的影响力。他常常在国内外多所大学讲学、举办演讲，广受赞誉，也时常深入各地的中小学，指导孩子们阅读、想象、写作。他培养了大量的优秀研究生，在他的言传身教下，这些学生大多品学兼优，在各自所在的学术、出版、新闻与教育等领域发挥作用。他有着自觉的社会责任感，身兼多种社会职务。他担任中国作家协会副主席、中国作家协会儿童委员会副主任、中国作家协会鲁迅文学院客座教授等。这些都为其积累了丰富的社会资本和象征资本。

曹文轩的畅销作品作为物化的文化资本，一方面给他带来了报酬并形成了一定的经济资本，另一方面为他在文学场域中积累了越来越高的声誉和威信，即象征资本。担任的多项社会职务为其赢得了丰富的社会资本，多个文学奖项的获得也为其积累了丰富的象征资本。北大中文系教授的身份为其赢得了文化资本、社会资本和象征资本。所有这些已经获得的资本为曹文轩儿童文学作品英译本物质生产提供了良好的基础。

他获得安徒生儿童文学奖之后，象征资本进一步累积，又为更多的作品走出国门作好了铺垫，更多的出版商会对其作品感兴趣，影响到其他翻译产品的物质生产，也会有部分读者因为作品出自他之手而选择购买英译本，影响到翻译产品最终的接受。在 goodreads 书评网站上关于《青铜葵花》的书评里就有读者提到终于读到了曹文轩这位安徒生获奖者的作品，可见"安徒生儿童文学奖"这一象征资本的获得对于翻译产品接受起到了积极作用。

对儿童文学作家来说，作品走出国门、走向世界，是其社会资本和象征资本的体现，版权输出带来的版税收入也会给作家带来经济资本，如美国的苏斯博士、英国的 J.K.罗琳，都凭借向多国的版权输出获得了巨大的社会资本、经济资本和象征资本。中国儿童作家也很乐意和渴望通过各种机会走上世界儿童文学的舞台，争取社会资本、象征资本和经济资本。

不少儿童文学作家主动出击，到国外参加各种国际会议，参加书展，宣传自己的作品，也推动了不少儿童文学作品走出国门。如 2018 年博洛尼亚国际童书展上，中国著名儿童文学作家曹文轩、秦文君、梅子涵等都莅临现场。

曹文轩本人，在已经拥有大量资本的情况下，也亲力亲为推动自己的作品输出版权、翻译出版，进一步积累资本。他频繁出现在国内外书展的各种论坛和研讨会上，意大利博洛尼亚国际童书展、上海国际童书展、美国书展、香港书展，等等，到处可见曹文轩的身影。他参与了多个中外合创图书项目，和很多国外插画家合作创作，作品吸引了很多外国小读者。有些图画书的创作本身就是"走出去"的成果，由曹文轩和巴西插画家罗杰·米罗共同创作的《羽毛》就是其中一个典型的例子，后者曾经于 2012 年获得安徒生文学奖。

4.1.2 中国政府和儿童文学界

在曹文轩作品走出去的过程中，中国政府和整个中国儿童文学界凭借其拥有的资本，为他提供了强有力的支持。

在获得"安徒生儿童文学奖"之后，曹文轩曾说："当中国文学的大平台升到了让世界可以看到的高度，其中一两个人，因为角度的原因让世界看到了他们的面孔，而我就是其中一个"，"我要对这个平台感恩，我要感谢中国文学界，中国儿童文学界的兄弟姐妹们"（赵霞，2016）。

实际上，2004 年，曹文轩也曾经作为中国国家代表被提名国际安徒生儿童文学奖，但最终落选了。从 2004 年到 2016 年，诚然，曹文轩的创作艺术水准提高了，但除此之外，恐怕不容忽视的关键因素有两个：一是中国整体国力增强，这全方位地激发了其他国家的人民对中国的兴趣；二是曹文轩所在的中国儿童文学界资本的积累。近年来，中国儿童文学界迅速崛起，不断积累社会资本和象征资本。资本的积累对此次曹文轩最终折桂具有不可忽视的推动的作用。不仅如此，曹文轩作品的走出去，是中国儿童出版市场的快速崛起，使中国出版大步"走出去"。而曹文轩获得安徒生文学奖，又迅速为其积累了社会资本和象征资本，曹文轩以及中国儿童文学界又利用其迅速累积起来的资本，积极开展国内外著名出版人、儿童文学作家以及插画家的合作，积累更多资本，促进更多的曹文轩作品走出国门。

在童书界最知名的博洛尼亚书展平台上，中国少儿出版界多次邀请曹文轩参与各种形式的中外文化对话活动，并邀请国外知名插画家为曹文轩的作品配图，赋予其作品国际视角，同时还申请专项基金，组织高水平译者翻译曹文轩多部知名作品。中国儿童文学界凭借自己已经拥有的各项资本积极参与国际儿童读物联盟（IBBY）的各项活动，并在中国设立分会。2018 年 9 月，中国儿童文学研究会常务副会长张明舟获选 IBBY 主席，这是中国人首次获此领导岗位。张明舟的当选必将为中国儿童文学外译提供更多的资本，有力于中国儿童文学作品更好、更快地走出去。

另一方面，国家作为"国家翻译实践"的主体，利用其经济资本支持曹文轩作品走出国门。截至 2016 年初，由国家新闻出版广电总局组织实施的"经典中国国际出版工程"和"丝路书香工程"，共计资助曹文轩《草房子》《青铜葵花》《细米》《红瓦》等近 20 部作品的多语种翻译出版，累计资助总金额达到 400.2 万元（张岩等，2017）。

4.1.3 出版社

出版社是中国儿童文学走出国门的最终执行者，中英文版本的生产者都是整个社会化生产过程中重要的行动者，不仅影响着翻译产品的物质生产，而且影响着翻译产品的异域接受。

4.1.3.1 图书 / 版权输出出版社

在曹文轩儿童文学作品英译中承担实物、版权输出的出版社主要有：江苏少年儿童出版社、海豚出版社、天天出版社、中国少年儿童出版社、天天出版社和二十一世纪出版社。这些出版社在中国童书出版界均处于领先地位，占有丰富的经济资本、社会资本和象征资本，在国际少儿领域拥有较强的话语权，在图书输出、版权输出和国际合作方面具有较好的基础。

进入新世纪以来，中国国家政府将"文化自信"上升至国家战略高度，将"走出去"确定为新闻出版行业改革发展的五大战略之一，权力场对文化场的控制作用显现，在国家意志的推动下，出版社责无旁贷必须成为"走出去"的主力军。

在权力场影响下，有一部分被认为具有文化积累和创新价值，或者体现国家意志的出版物，有机会获得政府出版补助，国家政府对出版社在"走出去"上是有指标要求的，而且有一定的奖励政策。出版社积极通过童书拓宽走出去的途径，能进一步积累社会资本和象征资本，在文化场内获得更好的位置。

另一方面，中国目前的出版社，包括地方出版社、高校出版社、中央各部门在内的中国所有经营性出版社，已经全部由事业单位转制为企业，成为市场经济主体。在当前世界经济一体化的情况下，文化产品也成为市场交换的主体。在全世界范围内，儿童文学的版权交易也可以为出版社带来不小的经济利润。因此，积极参与中国儿童文学图书走出去，是出版社积累丰厚的经济资本的一种形式。

上述童书出版社作为整个领域的中坚力量通过各种途径参与社会化生产。他们积极组织人员力量参加国内外书展，北京国际图书博览会、上海国际童书展、博洛尼亚国际童书展、法兰克福书展、巴黎图书沙龙上都能看到这些少儿出版社活跃的身影。他们作为主宾国或设立独立展台，进行版权贸易和作家推广，大大提高了中国儿童文学作品的知名度，其转而又成为中国儿童文学的象征资本。除了图书直接出口和版权出口之外，出版社还设立专门的国际合作部门，积极探索其他国际合作形式，如在海外设立分支机构等。

中国少年儿童出版总社正式聘请国际儿童读物联盟基金会主席帕齐·亚当娜担任国际合作顾问，后者为其在版权合作、国际出版、编辑培训等方面提供咨询与服务。中少总社积极开拓"一带一路"国家的版权输出业务，以促进与丝路沿线国家的文化交流，建立"丝路书香·国际少儿出版多边合作框架"就是其中一项重要举措。江苏少年儿童出版社在意大利博洛尼亚书展举办"《青铜葵花》14国版权输出成果探究论坛"，明天出版社于2017年与南澳大利亚海星湾出版社合资成立英国伦敦月光出版社。

众多国内知名童书出版社利用自己的文化资本、经济资本、社会资本和象征资本，在曹文轩中国儿童文学英译生产中积极发挥作用，探索多种途径，顺利促成了众多作品输出英文版权，也期待着在此过程中为自己积累更多的资本。

然而，这11部作品中的部分作品采用的是商品输出的形式，即国内出版英文版本，再将英译本出版，然而，与英文版权的输出不同的是，商品输出这条路走得并不顺畅。

其一便是海豚出版社的《甜橙树》英文版，其二是天天出版社的"曹文轩中英双语作品集"（含《火桂花》《白马雪儿》《凤鸽儿》《灰娃的高地》）。这两部作品虽然分别在2012年和2016年出版了英文版，但根据我们对接受情况的研究，并没有走入读者的视野，我们可以认为并没有获得实物输出，或者实物输出后接受情况不佳。

海豚出版社隶属于外文局，是全国唯一一家中央级的以对外出版中国儿童读物为立社使命的出版社，版权贸易成果丰富，曾获得"全国版权输出先进出版单位"称号，荣获"第十一届输出版、引进版优秀图书推介活动"优秀奖。在外文局的组织和统领下，在中国作家协会和北京师范大学儿童文学研究中心的配合下，海豚出版社集合了当今中国一批最具原创力和影响力的儿童文学代表性作家的作品，汇编成"中国儿童文学走向世界精品书系"（中、外文版）。这样成规模地向海外推介中国儿童文学，在中国历史上，尚属首例。2012 年，正式出版第一辑，《甜橙树》的英文版就是其中的一本。译介的发起者是中国官方的出版社，是中国政府机构的"主动翻译"，是中文图书外译两种模式中典型的国家翻译行为。在中国的语境中，出版社具有足够的经济资本、社会资本和象征资本。

　　"曹文轩中英双语作品集"由天天出版社出版。天天出版社是由人民文学出版社出资建立的独立运作的出版社。2014 年 1 月，它与人民文学出版社联合成立了"曹文轩儿童文学艺术中心"，为曹文轩的图书出版和海外推介作出了不少贡献。自成立以来，积极推动曹文轩图书版权的输出，与兰登图书、沃克图书、学乐等其他知名出版社都有合作，并且成绩斐然。2015 年，长篇小说《火印》出版时，中心为其在纽约书展举行了首发式，并重点营销。

　　除了直接将作品版权输出再由国外出版社出版英文版之外，曹文轩儿童文学艺术中心还聘请优秀的译者对曹文轩作品进行翻译并在国内出版，如邀请《青铜葵花》英译者汪海岚女士翻译了短篇小说《凤鸽儿》和《火桂花》等多部作品。

　　中心开展了"中国种子世界花"国际合作项目，由曹文轩创作文字、各国优秀插画家创作插图，同时在海内外出版。至今，"中国种子世界花"系列已经出版了《小野父子去哪儿了？》等 6 种图画书，与意大利、塞尔维亚等国家的优秀艺术家展开了合作，并在博洛尼亚童书展等多个国际书展上亮相，极大地提升了曹文轩的国际影响力。

　　2016 年 8 月，第 35 届 IBBY 世界大会在新西兰奥克兰举行，曹文轩赴会领取国际安徒生奖。借此之际，曹文轩儿童艺术中心加大了对曹文轩澳大利亚和新西兰版权的推介。期间，与多家出版商和版权商会谈，提升了曹文轩在澳大利亚和新西兰的影响力。

　　尽管天天出版社邀请了《青铜葵花》的译者汪海岚女士担任这一系列作品的英译，虽然它本身在本土运作和版权输出方面经验丰富，但并没有改变其在走出去道路上受到的冷遇，不管是在国外图书馆，还是在主流销售网站，都不见其踪迹。

尽管海豚出版社和天天出版社都拥有丰富的社会资本、象征资本、经济资本，也在通过各种途径在文学场内参与互动，然而英译本的接受状况不佳，甚至都可能还未走出国门，可见商品输出这种途径与版权输出相比是不占优势的。

4.1.3.2 版权输入出版社

版权输出的另一端则是英译本的出版社，他们直接关系着英译本在英语世界的接受。下文将逐一分析：

1）长河出版社

长河出版社（Long River Press）是 2002 年中国外文局和香港联合出版集团共同投资设立的一家出版公司，位于美国加州，是外文局下属的三家海外出版社之一，主要从事中国哲学、历史、经济等主题的图书出版，是我国政府实施"走出去"战略迈出的重要一步。长河出版社地理位置虽在海外，却是"国家翻译实践"的典型代表，采取的是设立海外分支机构的形式，一方面依托国内丰富的出版资源，一方面按照美国图书出版市场规律运作。

多年来，它已经发展成为美国本土出版有关中国题材作品的最专业、最权威的出版机构。长河出版社原总编辑徐明强曾对美国出版市场作过调查，发现"在中国题材的英文图书中，由美国人写、美国出版的书，卖得最好；其次是中国人写、美国出版的书；卖得最差的，是中国人写、中国出版的书"（陈星星，2010）。因此，它与纯本土的出版机构相比，在推广中国文化、文学上具有天然的优势。

长河出版社采用商业化运营模式，出版了一些影响很大的书，如爱泼斯坦的《见证中国》一书在美国一出版就有 6 家报纸对其进行了报道，再如以"口袋书"形式出版的《熊猫丛书》也受到了美国读者的广泛欢迎。然而当《草房子》英译本出版发行时，长河出版社刚刚才成立 3 年，不论在出版规模上还是在出版数量上，都还处于初级阶段，经济资本、社会资本和象征资本均比较薄弱，这对之后翻译产品的接受情况产生了一定的影响。长河出版社选择它作为"文化中国"系列中的一本出版发行，以获得更多的文化资本和象征资本。长河出版社作为"国家翻译实践"的代表，翻译出版《草房子》更多地也是为了实现其政治动机——推广中国文化。这同样会对翻译产品的接受情况产生一定的影响。

2）英国沃克图书和美国烛芯出版社

《青铜葵花》的英译本英国版由英国沃克图书（Walker Books）出版，美国版由美国烛芯出版社出版。

沃克图书是一家独立的英国儿童出版商，于1978年创立于伦敦。在澳大利亚、美国均设立了姊妹公司（Walker Books Australia, Candlewick Press）。每年出版超过300本童书，虽然出版量与美国学乐公司等无法相比，却是一家小而美的公司，曾经出版过很多有名的童书，书目少而精，作家的风格鲜明各异，出的书很多获得大奖。美国Candlewick是沃克图书在美国设立的姊妹公司，2014年，该出版社年度图画书份额在美国市场排名第七，紧随学乐出版社之后。

不管是英国沃克，还是美国烛芯，在童书出版领域都颇有声望，拥有丰富的社会资本和象征资本，对《青铜葵花》英译本的接受起到了关键性的作用。

3）Better Chinese出版社

"大王书系列"之《黄琉璃》这本书的英文版由Better Chinese LLC出版。Better Chinese LLC是美国一家提供中文培训的培训机构，出版并不是其主要业务范围，因而不具备童书出版领域的社会资本和象征资本。

4）Achipelago Books出版社

《羽毛》的英文版由Achipelago Books所属的Elsewhere Editions出版发行。根据其官网介绍，Achipelago Books是一家专门从事翻译文学出版的非营利性出版社，成立至今12年以来，共出版了译自30种语言的160本译作，虽然规模不大，但是非常严肃地对待每一本译本，2008年获得美国出版商协会颁发的米里亚姆·巴斯独立出版创意奖（Miriam Bass Award for Creativity in Independent Publishing）。Elsewhere Editions则是其旗下专门出版童书的分支，每年出版3本左右的童书译作。出版社的规模不大，但历史比较悠久，在行业里口碑良好，占有较为丰富的社会资本和象征资本。

5）阿诺伊卡出版集团

《烟》的英文版由新西兰阿诺伊卡 Eunoia 出版集团所属的 Twinkling books 出版发行。阿诺伊卡出版集团是一家迅速成长的出版社，下设立包括 Twinkling books 在内的 8 家分社，与中国江苏凤凰少年儿童出版社有良好的合作关系，在 2016 年双方签订了《蜻蜓眼》英文版、西班牙语版，《青铜葵花》葡萄牙语版等版权合同共计 7 份，与百花洲文艺出版社等中国出版社也有合作。

6）Cardinal Media Llc

《天空的呼唤》英译本由 Cardinal Media Llc 出版。这家公司并不以出版图书为主业，是一家电影制作公司，在出版领域的社会资本和象征资本不高。

由此可见，在出版曹文轩儿童文学作品的美国本土出版社中，仅有《青铜葵花》的出版社 Walkers Books 和《羽毛》的出版社 Achipelago Books 拥有较为丰富的社会资本和象征资本，其他出版社基本上都是小型的或者新兴的出版社，甚至主业都不是出版，而消费者们在购买书籍时往往倾向于选择知名度高的出版社，因此这就造成了恶性循环，直接导致了分销渠道的不畅和销量的低迷。

4.1.4 译者

儿童文学与成人文学一大区别在于儿童文学拥有双重读者，即儿童读者和其父母——书籍的购买者。要将优秀的童书展现给千万名儿童和他们的父母并为其所接受，童书译者在儿童文学翻译中拥有不可取代的地位。在文学作品和文学传播这个巨大链条上，译者无疑处于枢纽的关键位置（胡安江，2012：55）。如果译者的译文质量不高，不仅起不到传播中国文学和文化的作用，反而会让译文读者认为原文的质量就不好。

中国儿童文学作品海外传播的途径从宏观上来说有两种，一种是"送"，一种是"拿"。"送"的主体是中方，形式多为商品输出（儿童文学作品在国内翻译出版好直接出口到境外），是自我传播；"拿"的主体是外方，形式多为版权输出（外方购买版权，找译者翻译，然后出版）。因此，中国儿童文学作品的译者情况相对复杂，其中一大部分是中国本土译者，另有一部分是英语母语人士。

与成人文学领域部分作家的作品拥有"御用"译者的现象相比（如莫言的作品主要由葛浩文翻译），儿童文学作品的译者来源则比较分散。总体来说，不管是中国本土译者，还是英语母语译者，中国儿童文学英译者并没有成为一个凝聚力强的团体，处于隐身的地位，起主导作用的是出版社。曹文轩作品英译本的译者来源也较为分散，只有 Helen Wang 同时翻译了《青铜葵花》和"曹文轩中英双语作品集"两部作品，其他的译者都是只翻译了其中一部作品。详细情况如下：

1）《草房子》英译者

《草房子》的英译出自三位译者之手，分别为 Sylvia Yu, Julian Chen，Christopher Malone，均为精通英汉语言、熟悉两种文化的双语人士，具备一定的文化资本，在完成《草房子》英译后，也曾翻译过其他几本关于中国文化的书，如 Chinese Ceramics（2010）等。她们缺乏儿童文学翻译经验，知名度也并不高，因此并不具有丰富的社会资本和象征资本，无法凭借其社会资本和象征资本帮助翻译产品的最终接受。

2）《青铜葵花》英译者

《青铜葵花》的英译者为 Helen Wang（汪海岚），是英国当代中国儿童文学翻译家及推广者。她在 30 多年前留学过中国，对中国语言文化有着深刻理解和深厚感情，深谙中英两国的文化差异。她居于伦敦，任职大英博物馆东亚钱币研究员。她 1988 年获得伦敦大学亚非学院汉语言专业学士学位，2002 年获得伦敦大学学院考古学博士。在考古专业领域，她颇有建树，出版专著、编著 10 余种，2011—2016 年担任英国皇家货币学会联合荣誉秘书长、《中国钱币》编辑委员会名誉委员，2016 年迄今任国际丝绸之路纺织品研究协会会员，2017 年创办网站"Chinese Money Matters"。她考古学领域的研究也与中国有着较大的相关性，这也为她顺利翻译中国文学作品提供了文化资本。

她热爱中国文学英译事业，是纸托邦（Paper Republic）的编辑和发稿人，也与 Nicky Haran 共同主持英国中国小说俱乐部（China Fiction Book Club UK）推特平台。此外，她在亲自创办的"Chinese Books for Young Readers"的网站发布与中国童书相关的文章，积极推广中国童书，自 2016 年 9 月开办以来，到现在一共发布了 80 篇文章。

她业余从事中国当代文学作品翻译，虽然仅是业余时间从事的工作，但她投以了极大的热情，并取得了不小的成果。她有 20 多年的翻译经验，翻译的作品包括曹文轩的长篇以及韩东、石康、鲁敏、马原、叶兆言等人的短篇或者散文。除了翻译成人作品外，Helen Wang 还致力于翻译中国儿童文学。所译中国儿童文学作品除了曹文轩作品外，还有张辛欣《拍花子和俏女孩》和沈石溪的《红豺》，还出版了很多其他绘本。

她中英文功底深厚，既能很好地理解中国文学，又能发挥英语母语优势，流畅地表达。此外，她一直有陪伴孩子亲子阅读的习惯，了解儿童的阅读习惯和喜好。这些对其翻译惯习的形成都产生了影响。汪海岚在翻译中国文学作品过程中，与多家出版社建立了良好的合作关系，积累了一定的社会资本。在翻译《青铜葵花》之前她就已经从事了多年的中英翻译工作，积累了象征资本。译者累积的文化资本、象征资本和社会资本某种程度上决定着译者具体的翻译策略和翻译方法，这一点在后文的文本分析中将会得到佐证。

3）《甜橙树》的译者

"中国儿童文学走向世界精品书系"的翻译依托中国翻译协会的专业翻译优势，《甜橙树》的英译本的译者为王国振、冯敏、关威威三位以中国为母语的译者。

王国振教授是我国的笔译专家，曾有过海外留学经历，多年来一直从事汉译英，获得"译审"这一翻译界最高职称，是国家人事部翻译职称考试英文专家委员会委员，曾荣获英文翻译"金桥奖"，长期以来为中央领导人翻译讲稿、礼品书籍等。

儿童文学翻译，王国振教授也有涉猎，如《小鹿吃过的萩花》《和龙在一起的夜晚》《表哥驾到》《中国经典名著故事：聊斋志异故事》《三国演义故事》《中国成语故事》《水浒传故事》《中国智慧—天地逍遥游：庄子》《中国经典故事丛书：神话故事》等，还翻译过中国文化其他书籍，如《当代中国系列丛书：当代中国概览》《敦煌国乐系列丛书：二胡使用手册》和《笛箫使用手册》。然而，以上所列书目当中仅有《中国成语故事》为翻译《甜橙树》之前的译作，其他的均为之后的译作。可见，翻译《甜橙树》当时，他尚未积累起丰富的儿童文学翻译经验。

另一位译者关威威也有着丰富的中译英经验，翻译过童书《经典少年游》系列、《小鹿吃过的荻花》《和龙在一起的夜晚》，还翻译过其他与中国文化有关的书籍，如《中国（1949—2014）》《熊猫的故事：画册》《中国当代文学作品精选：绝顶》"当代中国系列丛书"和《新中国画四大家》，但这些作品无一例外都是英译《甜橙树》之后的译作，因此在翻译《甜橙树》当时也尚未积累起丰富的儿童文学翻译经验。

从以上资料可见，《甜橙树》的英译者有较为丰富的文化资本、社会资本和象征资本，但是这些社会资本和象征资本仅限于在中国文化场域内，且他们都是儿童文学翻译领域的新手。

4）《黄琉璃》的英译者

《黄琉璃》的译者 Nicholas Richards 是加拿大多伦多大学翻译专业的一名研究生，具备一定的双语能力和翻译理论、实践知识，曾经翻译过几篇中文微型小说和短篇故事，具有一定的文化资本。然而，其学生身份决定了他既不可能拥有较多的社会资本，也不可能拥有较多的象征资本。

5）《羽毛》的英译者

图画书《羽毛》的英译者为克洛依·伽西亚·罗伯茨（Chloe Garcia Roberts），他大学本科期间的专业是汉语，后又到北京继续学习，硕士期间专注于翻译，尤其是诗歌翻译。他早年曾就读于卫斯理大学和伦敦亚非学院等多所学校，并曾荣获美国教育部和美国笔会等多个机构的奖学金。目前担任《哈佛文学评论》执行编辑，是一位诗人兼翻译家。2014 年，他曾翻译了李商隐的《义山杂纂》（*Derangements of My Contemporaries: Miscellaneous Notes*）和《李商隐诗歌选集》（*The Selected Poetry of Li Shangyin*）。他有一个 6 岁的儿子和一个 2 岁的女儿，常常给他们读故事，因此熟悉儿童的阅读喜好。他具有丰富的文化资本、社会资本和象征资本。

6）《烟》的译者

图画书《烟》的译者 Duncan Poupard 在伦敦大学的亚非学院取得汉学的硕士学位，广泛游历中国各地，了解中国文化，任职于香港中文大学，是翻译方向的博士生和助理教授，精通中英双语，从事翻译和新闻通讯工作，具备一定的文化资本。

7）《天空的呼唤》的译者

这本图画书的译者的信息在书的封面、版权页以及网站均找不到，这一现象本身颇耐人寻味，再加上这本书英文版的出版社 Cardinal Media Llc 并不是一家以出版为主业的公司，这本书的翻译质量和接受状况就值得担忧了。

总的看来，曹文轩儿童文学作品的英译本的译者不管是中国人，还是英语母语人士，都拥有较为丰富的文化资本，具备比较强的语言能力、文化意识和教育文凭，但是在占有的社会资本和象征资本方面，差异较大。

这些译者凭借其占有的资本，为了获取更多相同或不同的资本，投入中国儿童文学英译事业。最终也因为其译本在英语世界的接受状况，获得了不同的资本。最为成功的当属《青铜葵花》的英译者汪海岚。2017 年，汪海岚在《青铜葵花》英译本取得成功后，荣获英国"马什儿童文学翻译奖"这一专为儿童文学译所设置的奖项，体现了英国儿童文学界对她的译文的认可（石琼，2018）。2017 年上海国际童书展上，汪海岚获得"2017 陈伯吹国际儿童文学奖"特殊贡献奖。两个重量级奖项的获得为其积累了社会资本和象征资本，为其之后更好地参与中国儿童文学英译奠定了基础。

4.1.5 版权代理人

版权经理人姜汉忠在《青铜葵花》的英国出版中起到了关键的作用。姜汉忠现任新世界出版社版权部主任，是一位资深版权经理人，在版权输出行业具有比较丰富的资本。他利用自己的社会关系，克服重重阻力，历经多个回合，从 2011 年 9 月，直至 2012 年 10 月，完成了版权输出，2015 年 4 月，该书英国版正式面世。这期间，他和英国方的接洽多次受挫，正是凭着他丰富的版权输出经验，才终于将这个难题攻克，顺利输出了《青铜葵花》英文版权。没有他的努力，曹文轩这部书还不知道要等上多久才能与英语国家读者见面，更不用说在英语国家受到欢迎。在这个过程中付出努力发挥作用的还有英国方的版权代理人彼得·布克曼。为了《青铜葵花》版权的顺利交易，他也付出了很多努力，做了很多工作。

在文献研究过程中，未能找到其他几部作品英译时有版权代理人共同参与的证据。

4.2　物质生产结果

　　翻译是一场社会化大生产，各方行动者带着自己的资本在场域中参与竞争，获得新的资本，最终共同生产出翻译产品。截至目前为止，曹文轩的以下作品已经被译为英文，完成了物质生产过程。

中文书名	中文出版社和初版时间	英文书名	英文出版社和出版时间	译者
《草房子》	江苏少年儿童出版社 1997 年 12 月	*The Straw House: A Novel*	Long River Press 2006 年 10 月	Sylvia Yu, Julian Chen and Christopher Malone
《青铜葵花》	江苏少年儿童出版社 2005 年 4 月	*Bronze and Sunflower*	英国 Walker Books 2015 年 4 月 美国 Candlewick Press 2017 年 3 月	Helen Wang
《甜橙树》	海豚出版社 2012 年 1 月	*Sweet Orange Tree*	海豚出版社 2012 年 1 月	王国振、冯敏、关威威
《天空的呼唤》	江苏少年儿童出版社 2012 年 1 月	*The Call of the sky*	Cardinal Media Llc; 2018 年 1 月	（未知）
《凤鸽儿》	天天出版社 2013 年 5 月	*A Very Special Pigeon*	海豚出版社 2016 年 10 月	Helen Wang
《灰娃的高地》	明天出版社 2013 年 5 月	*Huiwa's Stand*	海豚出版社 2016 年 10 月	Helen Wang
《羽毛》	中国少年儿童出版社 2013 年 9 月	*Feather*	Elsewhere Editions 2017 年 10 月	Chloe Garcia Roberts
《烟》	二十一世纪出版社 2014 年 4 月	*Smoke*	Twinkling Books 2016 年	Duncan Poupard

续表

中文书名	中文出版社和初版时间	英文书名	英文出版社和出版时间	译者
《大王书之黄琉璃》	天天出版社 2014 年 11 月	*Legends of the Dawang Tome: The Amber Tiles*	Better Chinese 2015 年	Nicholas Richards
《白马雪儿》	天天出版社 2015 年 3 月	*Looking For Snowy*	海豚出版社 2016 年 10 月	Helen Wang
《火桂花》	天天出版社 2015 年 3 月	*The Cassia Tree*	海豚出版社 2016 年 10 月	Helen Wang

从以上统计可见，这些英译本的中文原作最早的出版于 1997 年，以 2012 年之后出版的为多，而英译本多集中在 2015 年之后出版，尤以 2016 年曹文轩获得安徒生儿童文学奖之后为多，中英文版本之间有个时间差，这与中国在世界权力场和文化场中位置变化的时间有关。

4.3　小结

本章考察了曹文轩作品英译生产过程中的各项行动者的资本，以及他们为了进一步获得资本所采取的行动。

作家曹文轩拥有丰富的资本，且亲力亲为深度参与其作品版权的推介，这就使得其作品与其他儿童文学作家作品相比更具走出去的优势，对曹文轩儿童文学英译本生产实践起到了积极作用。

中国政府和中国儿童文学界凭借其日益增长的资本，通过资金援助、提供交流平台助力曹文轩儿童文学走出去。

曹文轩儿童文学英译作品的相关中国出版社在中国儿童文学出版界都是有声望的出版社，因此占有较丰富的资本，通过参加书展等各种途径，积极寻找曹文轩儿童文学作品版权接收方。但与之形成对比的是，版权接受的出版社普遍资本较为匮乏，承担翻译任务的译者拥有的资本也比较贫乏，且两者具有趋同性，即占有丰富资本的出版社聘请的也正是占有更多资本的译者，反之亦然。文化资本雄厚的译者更容易获得权威出版社的青睐，在将自己的文化资本转化为经济资本更容易，反之亦然。

此外，版权代理人在《青铜葵花》的英译本生产过程中发挥了积极的作用。

第五章 曹文轩作品英译本选材 和翻译策略

上一章我们考察了曹文轩儿童文学作品英译本生产过程中的行动者拥有的资本以及他们为了进一步获得资本所付诸的行动。物质生产过程最终还是体现在文本的处理上。究竟是哪些作品被选择译成英文，在翻译实践中译者又采取了怎样的翻译策略？这些翻译策略后反映了译者怎样的惯习？这些问题将在这一章给出解答。

5.1 选材

在译本的生产过程中，有关各方利用各自的资本在场域内运作，其中第一个环节便是选材，选材通常由翻译的发起者根据既定的目的选定，大部分时候由出版社发起，偶尔也由译者发起或版权代理人发起。文本选择在很大程度上决定了翻译成品所塑造的文学形象与国家形象或正面或负面的读者评价，如果将"挑选"的客体延至翻译项目的发起人、委托人、合译者、出版商、发表媒体等，那么对于"挑选重于翻译"原则的强调则可以在最大程度上保障翻译成品的可接受效度及最终传播力和实际影响力（胡安江，2010：16）。不同的发起者会根据自己的目的，或争夺经济资本，或争夺象征资本和社会资本，或兼而有之，有所侧重地选择待翻译的作品。

威默（Wimmer，2001:71）指出，"由于文化霸权主义和唯我为上意识盛行，美国人普遍抵制英译作品"，导致商业出版社对出版译作"很小心"，因此美国翻译书市一向"低迷"。究竟是怎样的作品得以跨越这一障碍，突破重围，选择被译介到英语世界呢？曹文轩作品的数量远远超过这 11 部，那么这 11 部作品因何先得以译介呢？

5.1.1 小说

曹文轩早期的创作主要以小说为主，尤其以长篇小说见长，风格唯美，是现实主义与浪漫主义的完美结合。为他在国内获得众多奖项的、在图书销售榜上名列前茅的多是他的小说作品。

1）《草房子》

在这 11 部作品中，《草房子》是创作最早的一部，创作于 20 世纪 90 年代，也是版权输出较早的一部，2016 年就出版了英译本。对国内读者来说，它是曹文轩最具代表性的作品，销量也远远超过其他作品。

小说的故事发生在油麻地——中国江南一个依水而建的小村庄，讲述了以桑桑为代表的小学生以及他们的老师的故事，展现了孩子们苦痛而又最终成长的心路历程。全书引导小读者透过人物的困苦历程，咀嚼生活的温馨和诗意，从而在青少年的心灵上留下印记，变得充实和坚强，立意积极深远。作品文笔优美，向读者展现了一幅人与自然和谐共生的美丽画面，叙述风格谐趣而又庄重，结构独特新颖。深刻的主题性和独特的艺术性使得它成为当之无愧的儿童文学经典作品。儿童选择和阅读文学作品，未必都是自觉的审美需求，更多的是停留于娱乐的认识生活层面的自发性活动，因此，故事的趣味性非常重要。儿童文学作为儿童成长过程中的重要启蒙形式，兼具阅读教育和美感教育功能，因此作品的文学性也非常重要。《草房子》正是一部兼顾了故事的趣味性和文学性的作品。

《草房子》的文学价值在专业领域内得到了认可，曾荣获冰心儿童文学奖、中宣部"五个一工程"奖、中国作协第四届全国优秀儿童文学奖、第四届国家图书奖，并入选"中国儿童文学经典书系"。根据小说改编的同名电影同样引起轰动，获第 19 届金鸡奖最佳编剧奖、1998 年度中国电影华表奖、第 4 届童牛奖以及影评人奖，还有第 14 届德黑兰国际电影节评审团特别大奖等。以上奖项均为英文版权输出之前获得（http://blog.sina.com.cn/s/blog_a299d0d80102wbb4.html，2019-3-20）。各项专业奖项的获得佐证了曹文轩作品的文学价值,体现了权威人士对《草房子》的文学成就及社会影响力的认可。

在图书销售市场,它的价值同样得到了认可。自1999年初版后《草房子》畅销不衰,已经印刷了300余次,销量达到1000万册(截至2014年2月3日),更是中小学生的必读书。但实际上,最初它的销量并不风光,直到2006年《草房子》片段入选中学课本后,它的销量才开始猛增。英译本是在2006年出版发行,可见,其市场价值并不是其版权输出的主要因素。

《草房子》既具有深刻的主题性,又具有独特的艺术性,既具有人类共通性又具有中国文化异质性。《草房子》的英文版权的输出由长河出版社操作,而长河出版社是中国官方在海外设立的出版社,因此尽管《草房子》当时在国内并不畅销,也决定将其译出,是符合官方出版社"文化输出"的选材标准的。

2)《青铜葵花》

《青铜葵花》是曹文轩作品中对外译介最成功的一部。它的面世比《草房子》要晚得多,于2005年4月首次出版,是曹文轩的另一部知名长篇小说。

与《草房子》的故事背景类似,《青铜葵花》的故事发生在中国江南一个依水而建的小村庄——大麦地,主要讲述了一个叫葵花的小女孩的故事。葵花先是和她的父亲一起在干校生活,在父亲不幸去世之后,被另一位主人公青铜一家收养。青铜是个哑巴,但对葵花关怀备至,两个孩子之间培养起浓浓的兄妹之情。青铜一家一贫如洗,却毅然收养了葵花,尽其所能让她过上好日子。然而,12岁那年,因为种种原因,葵花不得不回到城里,从此两个孩子天各一方。故事中,主人公们在遭受苦难的情况下,依然乐观而坚韧地生活,并对他人给予关爱。故事立意高远,积极向上。

《青铜葵花》不仅以故事取胜,而且运用了多种文学技巧,如暗示、象征、隐喻等手法。文本中融入诗性的描写,读者在阅读过程中仿佛看到一幕幕优美的图画,以图画开始,又以图画终结,中国乡村的美好景象犹如一幅画卷展现在读者面前。文本极具艺术性,处处透露出美感。作品中大量运用各种文学手法,使作品的趣味描写显得既有生活性,又极具戏剧性。叙述风格谐趣而又庄重,整体结构独特而又新颖,情节设计曲折而又智慧。既具有世界儿童文学的普适性，又因为其独特的中国乡村背景而具有异质性。

《青铜葵花》的价值在专业领域得到了认可。在英文版权输出之前，就获得了众多的奖项，积累了丰富的社会资本和象征资本。曾获《中国报纸》2005年十大好书奖，江苏精品图书奖，台湾"好书大家读"年度长篇小说类创作最佳奖，首届世界出版政府奖，中国作家协会第七届优秀儿童文学奖，第十届全国精神文明建设"五个一工程"奖。

作为江苏少年儿童出版社2005年出版的"曹文轩纯美小说系列"的"核心产品"之一，在市场方面，《青铜葵花》也得到了读者的普通认可，截至2014年，印刷百余次，销售达到200万册。

不管从主题价值、文学价值还是市场表现来说，《青铜葵花》都是一部适合译介出去的作品。

3）《甜橙树》

《甜橙树》中文版由人民文学出版社于2010年出版，全书收录了中短篇小说21篇，其中多篇文章为获奖作品，如《甜橙树》《野风车》等名篇佳作。虽然故事与故事之间情节上并无联系，但共同点在于它们都以中国的乡村田园风格为背景，一如曹文轩《草房子》《青铜葵花》等其他作品一样，弥漫着浓郁的乡村气息，涌动着真、善、美，有着浓郁的民族特色。

值得关注的是，《甜橙树》作为"中国儿童文学走向世界精品书系"中的一本，同时拥有中文版和英文版两个版本，但仔细比照两个版本之后，发现中文版中有18个故事，而英文版只收录了12个故事。这套书的选文均由作家自己完成，曹文轩在选文时将其中六个故事删去，可见他有着敏锐的"读者意识"（也许是在编辑的建议下进行），"美国人大多不爱读长篇"，而在仔细对比删去的6个故事和留下的12个故事时，我们发现留下的故事不论是在主题的真、善、美上，还是在写作手法的艺术性上，都要更胜一筹。

4）"曹文轩中英双语作品集"

"曹文轩中英双语作品集"收录了曹文轩近期创作的4部优秀小说，分别是《火桂花》《灰娃的高地》《白马雪儿》《凤鸽儿》，中文版出版时间离中英版本出版时间很近，不管是在专业领域还是对普通大众来说，都还没有得到高程度的认可，没有积累起足够多的象征资本。

5)《大王书之黄琉璃》

"大王书"是曹文轩的 8 年心血之作，也是他对自我的一种超越。曹文轩一直创作现实主义小说，而"大王书"系列是他对幻想主义作品的一次尝试。尽管这部作品在国内出版后并未引起大的反响，但是因为 2016 年曹文轩获得了国际安徒生儿童文学奖，他随之迅速累积起丰富的社会资本和象征资本，人们急切想了解这位来自东方的作家，"大王书"之《黄琉璃》又是其突破自我之作，其版权迅速输出到新加坡、尼泊尔和美国，也就不足为奇了。

5.1.2 图画书

2016 年 4 月，曹文轩荣获国际"安徒生儿童文学奖"，成为中国第一位获此殊荣的作家。这一儿童文学界最高奖项的评奖规则里有这样一条："该奖提倡文体的多样性，倾向于授给在一种以上的文体创作方面都有建树的作家"（左昡，2016）。能代表曹文轩最高创作水平的代表作为长篇儿童小说，而那至关重要的"另一种文体"则是图画书。

图画书是儿童文学中一种特殊的种类，又被称为"绘本"。它综合运用图画的艺术表现力和文字的语言表达力，培养小读者的创造力、想象力和对生命的感受力。

进入 21 世纪，"读图时代"到来，全世界范围内图画书创作蓬勃发展，中国在大量引进和吸收西方绘本的基础上，也逐渐兴起本土原创图画书。

在绘本创作和出版浪潮的影响下，以及作为一名儿童文学作家强烈的使命感驱动下，曹文轩于 2008 年在中国儿童文学作家中率先开展了较为集中的图画书创作。十多年来，他笔耕不辍，佳作频出，创作了 50 多种不同类型、极具个人风格与特色的图画书作品。据不完全估计，曹文轩先后与明天出版社、二十一世纪出版社等出版社和国内外插画家郁蓉、弯弯、王祖民等合作，创作了《最后一只豹子》《菊花娃娃》、《一条大鱼向东游》《痴鸡》《马和马》《鸟船》《鸟和冰山的故事》《第八号街灯》《布娃娃》《柏林上空的伞》《天空的呼唤》《发条鼠》《夏天》《羽毛》、"中国种子世界花"系列、"小皮卡"图画书系列、"笨笨驴"系列和"萌萌鸟"系列等一批优秀的图画书作品。

他所创作的图画书中故事和文字独具中国特色，在中国图画书界影响深远，获得了众多奖项。2013 年，《羽毛》被评为"年度最佳图书"，《天空的呼唤》入选"大众喜爱的 50 种图书"，《菊花娃娃》等 6 册图画书获中国出版政府奖。

海外普通读者中只有一小部分能阅读中文的文字书，而相比之下，中国图画书图文并茂，对读者中文语言水平的要求不高，能够吸引更大的读者群体，有利于扩展海外文化系统里的潜在传播空间。很多海外读者因为没有通过正确的渠道了解中国文化，对中国文化存在不少误解，因此，加大图画书外译的力度，外国读者就能更好地了解中国、感受更多的中国魅力。

曹文轩创作的图画书与其长篇小说一样，也跨越了语言与文化的界限，多部作品被译介到英国、法国、日本、新西兰、韩国、巴西、丹麦、瑞典、塞尔维亚、阿联酋、突尼斯等国家和地区，两度获中国新闻出版总署输出版优秀图书奖。其中有 3 部作品译介到英语国家，分别是《羽毛》《烟》和《天空的呼唤》。

1）《羽毛》

《羽毛》出版于 2013 年 9 月，讲的是一根孤单的羽毛，为了弄清自己的来历，乘风而上，进行的一段寻根之旅。整本书带有浓厚的哲学意味，具有世界普适性，而画者颇具中国特色的插图创作，又使其具有浓郁的民族色彩。在国内，这本书曾经获得"年度最佳童书"的荣誉。

其绘画者罗杰·米罗于 2014 年获得安徒生插画奖，其文字作者曹文轩2016 年获得安徒生儿童文学奖。"安徒生儿童文学奖"是儿童文学领域的最高奖项，这就赋予这本图画书极高的象征资本。其英文版于 2017 年出版，鉴于两个"安徒生儿童文学奖"的获得都是在此之前，因此不管是物质生产阶段，还是后来的读者接受阶段，都受到了这一丰厚象征资本的影响。

2）《烟》

《烟》这本图画书讲的是两个冤家由争执到和解的故事，故事体现了理解和宽容的主题。

全书的主题具有普适性，积极向上，独特的画风又赋予其浓郁的民族特色，是一部适合译介出去的作品。它曾经荣获 2015 年陈伯吹国际儿童文学奖，其绘者郁蓉曾获得 BIB 金苹果奖。因此这部作品本身具有较为丰富的象征资本，对其物质生产起到了促进作用。

3）《天空的呼唤》

《天空的呼唤》中文版由江苏少年儿童出版社于 2012 年出版，是"中华原创绘本大系之曹文轩绘本系列"中的一本，由秦修平配图，讲的是一只天鹅误入鹅群，最终回到天鹅群中间的故事。曾入选"大众喜爱的 50 种图书"，也因此获得了一定的象征资本，对版权输出起到了一定的作用。

5.1.3 小结

从以上分析可见，选择用来进行英译的作品，都是曹文轩儿童文学作品中的精品，或为畅销书，或为突破之作，兼具民族性和世界性，符合国内出版社输出中国优秀文化的目标，也符合国外出版社输入版权的期待，为版权的顺利输出奠定了一定的基础。当然，它们之间还是有区别的，《青铜葵花》等占有的资本更多，其他的如《烟》等占有的资本较少。它们所拥有的象征资本，在作品翻译成英文进入英语世界后，恐怕能对作品的最终接受起到影响的，也只有"安徒生儿童文学奖"这样的国际大奖了，这点可以从 goodreads 网站书评中多位读者提到曹文轩是安徒生儿童文学奖获得者这一事实得以印证。

5.2　翻译质量

"中国文学英译的质量不仅决定着英语读者对某一中国作者的看法，而且影响着对所有当代中国文学翻译的看法。因为普通读者对中国当代文学几乎是一无所知，如果翻译作品译得糟糕，读者会误以为原作不好，而根本没有想到这是翻译的问题"（Hung，1991）。精心选择的原文本，兼具普适性和异质性、趣味性和艺术性的曹文轩儿童文学作品，经过译者之手，究竟是以怎样的面貌呈现在英语世界读者面前，这是我们接下来要探究的问题。儿童文学走出去最终的目的是要向英语国家的小读者展现我们的优秀儿童文学作品，既要保证他们有兴趣读，可以读懂，又要尽可能地让他们体会到中国儿童文学、中国文化之魅力，这也是中国文化走出去要实现的目标。

译文的背后是译者作出的翻译策略、翻译方法的选择。布尔迪厄认为行动者的行为基于惯习，因此译者采取的翻译策略是译者惯习的外在表现。因此，在接下来的部分，我们先从若干个角度仔细对照原文、译文，观察不同译者的这种外在表现，再探究背后的译者惯习。译文的质量体现在多个方面，在对其进行衡量时无法面面俱到，考虑到中国儿童文学的特点以及中国儿童文学走出去的目标，我们将从如何平衡原文的准确性与可读性，如何处理原文本的文学性、儿童性、异质文化性等几个方面展开。

5.2.1 评价标准

关于儿童文学翻译的批评，国内目前尚无丰富的成果。"儿童文学翻译批评标准必须是儿童文学本质特征和翻译本质诉求的有机结合"（徐德荣，2017: 105），据此，徐德荣在其专著《儿童本位的翻译研究与文学批评》（2017）一书中提出了儿童文学翻译批评的框架，提出了准确性、可读性和儿童文学性三个判断标准，并提出"综合分析 + 文本分析综合分析法"作为执行的方法。考虑到曹文轩儿童文学作品英译属于"中译外"的特殊性质以及"中国文化走出去"的最终目的，本研究中对这个标准进行了一些调整，从四个角度进行分析，即准确性、文学性、儿童性和异质文化性。在分析过程中，要考虑到如下几个方面：

第一，儿童文学翻译是翻译的一个重要分支，因此，对一般翻译的评价标准依然适用于观察儿童文学翻译。

第二，儿童文学本质上依然是文学作品，在翻译时剥离其文学的本质是矮化儿童的行为；

第三，儿童文学的特定受众是儿童，是为儿童服务的文学，要考虑到儿童的心理和认知规律；

第四，曹文轩作品是具有中国民族特色的儿童文学作品，其英译对传播中国优秀文化是否起到作用以及起到了什么作用，也是我们重要的观察点。

5.2.1.1 准确性

准确性是儿童文学翻译的基本原则（徐德荣，2017）。它指的是对原文信息的准确再现，包括故事情节、人物形象和具体细节，体现了译文和原文之间的关联。文字承担文学作品的意义，文字层面的表达偏差会影响整体意义，因此在翻译时要注意准确度和确切度（许诗焱，许多；2014）。主要衡量译者在具体翻译过程中是否有"误译""漏译""增译"等现象，并认真区分这些现象是译者有意为之还是出于疏漏。如果是有意为之，需要判断这样做是受着怎样的"翻译惯习"驱使，如果是出于疏漏，需要衡量其文化资本，即英汉双语能力等。值得注意的是，它不是最高选择，"在特定语境下可能会让位于其他翻译原则"（徐德荣，2017）。

5.2.1.2 儿童性

读者，是文学外译中重要的一环。翻译中的读者意识主张要以读者的阅读感受为中心。儿童文学翻译与成人文学翻译的一个最为显著的区别就在于儿童文学翻译的服务对象拥有双重读者，其中最重要的服务对象是儿童。能做好儿童文学翻译的前提是译者能够从本质上理解儿童文学的本质。

儿童文学作品必须符合儿童的认知水平和认知规律，能为其所理解，对其有吸引力，因此儿童文学极具文体敏感性，有自身独特的文体风格，正是因为这种风格的存在才使得儿童文学成为一个独立文学门类。儿童文学翻译的译本，虽然换了一种语言，但依然属于儿童文学，依然应该具有儿童文学的特性。

首先，儿童文学译文必须具备可读性，即儿童文学译文要适应儿童读者心理和阅读特点。儿童对语言十分敏感，过于生僻的表达可能损害他们阅读的兴趣。句型和句长也同样要考虑到儿童的理解能力，过于复杂的句型、过长的句子，都会影响到儿童的理解。熟悉的用词、简单的句式是保证文本可读性的基础，译为英文时，同样要保证熟悉的用词和简单的句式。

此外，一种语言的文学译入到另一种语言时，语言和文化差异所带来的"异质"成分，对儿童读者来说，容忍度比成人读者要低。儿童尚处于母语的学习阶段，不规范的语言成分容易干扰其语言的学习，太多异质文化因素也容易对儿童的理解带来困难，击溃儿童的阅读兴趣和信心。因此，在翻译时，译者对语言异质成分和文化异质成分的处理也是我们一个重要的观察点。

第二，儿童文学译文要有形象性，形象性的语言使得作品富有童趣，吸引小读者。为了使得作品更加吸引小读者，儿童文学作家总是采取各种艺术手段，如比喻、拟人、夸张等修辞手段，使得作品富有童趣。曹文轩作品中大量使用了比喻，使得语言富有趣味，更加生动，有利于提高儿童的阅读积极性。译者是否能够恰当地处理原文中的这些富有形象性的手段，也是我们重要的观察参数。

第三，儿童文学译文要有音乐性。儿童天生喜欢节奏感强的作品。对他们来说，先吸引他们的，不一定是故事本身，往往可能是节奏和韵律。儿童文学理论家 Mey Hill Arbuthnot 指出：在儿童文学中，词语应该意义饱满、读来顺畅、听之悦耳（1964）。芬兰儿童文学翻译理论家 Oittinen 认为能够大声朗读是儿童文学及其翻译的典型特征（2000）。所以，作者在遣词造句上要做到朗朗上口，有较强的节奏感和音乐性，拟声词和童谣都是常常被使用的艺术手段。当儿童文学作品被译为英语时，如果仅仅是移植文本的故事内容，而忽略了音乐性的保留，节奏和韵律等必备元素空缺，会使译本索然无味。

曹文轩的儿童文学作品中大量使用了拟声词和童谣等艺术手段，营造了很好的音乐效果。汉英属于不同的语系，在节奏和韵律上都有截然不同的特征，在将曹文轩作品翻译为英文的过程中如何体现这种音乐性，是观察译者惯习的一个重要角度。

5.2.1.3 文学性

儿童文学作品亦属于文学作品，理应具有文学作品的本质特征，即文学性。文学性是俄国形式主义批评家、结构主义语言学家罗曼·雅各布森在 20 世纪初提出的概念，意指文学的特殊性、本质特征（杨矗，2012），指文学在语言、结构和形式方面的特点，不包括文学的内容。

儿童文学作品除了具有情节赋予的主题性之外，还具有文学性。美育，包括语言上的美育，是儿童文学作品的重要功能之一，要让儿童读者通过阅读儿童文学作品从小接触富有美感的语言，培养审美能力，陶冶情操，优化精神世界。丢了文学性，那些如一滩死水般的文字不能再称为"文学"，让儿童阅读这样的文字，是对儿童审美能力的矮化。

在本雅明看来，只满足于把原作中的信息无误地传达出来的译作会令原作的文学性或者"诗意"丧失殆尽，只能算作"劣译"。在翻译曹文轩富有诗意的作品时，能够在译文中不违背原作者的初心，重现曹文轩呈现的美学意蕴，让译文小读者感受到同样的美感，是衡量译者翻译水平的一把尺子。

曹文轩强调语言诗化对提升作品美感的重要性。他认为"让一个人在他的童年时代就惠受优美语言的雨露，使他从小就养成一种高雅的情调，这是儿童文学推卸不了的责任"（李静，2014）。因此，他在自己的作品中多采用诗性语言，呈现语言之美。他的作品整体上呈现一种端庄、优美、讲究的美学风格。

曹文轩儿童作品的文学性尤其体现在其句式的使用上：以短句为主，长短结合；以口语化的句式为主，整散结合（佟慧廷，2013）。句式是增强语言表达力的有效手段，是形式的艺术。

1）短句为主，长短结合，错落有致

曹文轩在写给不同年龄儿童的作品中，句式的使用上呈现不同的特点。比如面向学龄初期儿童的作品，以短句为主；面对学龄晚期儿童的小说，则长短结合。在接下来我们要分析的曹文轩的文学作品中，儿童小说类长句和短句结合，图画书类以短句为主，在译成英文时，也要考虑到这一特点。

2）第二，以口语化句式为主，整散结合

儿童小说语言中通常有大量的口语化的句式，但是曹文轩作品中除了有活泼的口语化句式外，还有不少形式整齐、书面语色彩浓厚的整句。儿童文学一般以口语化的句式为主，能够帮助儿童口语的表达，但是适当地使用一些更具文学美感的整句，有利于儿童接触不同的语言风格，对书面语言的学习有帮助。儿童有天生的模仿力，他们会在接触文学作品后，有意或者无意地对一些好的句式进行模仿。

曹文轩儿童作品的文学性还体现在其细节描写上。曹文轩认为，"风景悄然无声地孕育了美感"，所以在他的作品中书写自然风景的段落很多，字里行间散发着诗意的美感。他用了大量的细腻笔触描写了花草树木、水和阳光，将独特的美感传递给儿童读者，培养儿童优雅的审美情趣。特别是在其长篇小说如《草房子》和《青铜葵花》中，这样的细节描写尤为常见。

"对作家来说，文学'走出去'的理想状态是作品风格在译本中得到了如是再现"（曹丹红，许钧，2016）。因为语言的差异性，是否有意识且能否在译文中重现这样的文学美感，让英语世界的小读者能够获得和中国小读者一样的文学性享受，也反映了译者的译者惯习。

5.2.1.4 文化异质性

曹文轩的作品所涵盖的主题如"善""苦难"等具有人类共同价值和普遍意义，具备了为中西读者认同的普适性。单纯的具有普世价值的文学或者文化虽然有其存在的价值，但比起共通性，更吸引读者的是文学作品异质的特征。当曹文轩被宣布获奖时，评委会的主席说："曹的作品就像一块磁铁，以其真挚的情感、丰富的内容、浓郁的异域风情吸引和牵引着读者（Cao's work is like a magnet, attracting and dragging the readers with its sincere emotions, rich content ,and strong taste of the exotic.），其中"异域风情"指的正是这种文化异质性。

曹文轩文学作品的题材都是发源于中国、扎根于中国，尤其是他童年时期生活过的乡村，他曾在多个场合提及他的背景是中国，是这个民族一直源源不断地向他提供独特的写作素材和写作灵感。国外儿童文学小读者（还有可能包括其父母）能够通过阅读曹文轩的作品英译本，体会中国文化的独特魅力，更好地理解中国，消除原来可能已经存在的误解，这正是我们"中国文学走出去"的最终目的。翻译时如何确保故事的可理解性又能让小读者更多地了解中国特有的文化，拓展眼界和知识，是译者需要考虑的重大课题。

5.2.1.5 小结

原文到译文，不仅是两种语言的转换，更是两种文化的转换，在这个过程中，译者会面对各种语言和文化上的障碍，根据自己的译者惯习，采取相同和不同的翻译策略。准确性、儿童性、文学性和文化交流性是我们对曹文轩作品的英译本进行文本细读时需要考虑的几个重要方面。从这些细节的处理中我们可以寻找译者惯习的痕迹。

5.2.2 曹文轩儿童文学英译本翻译策略

5.2.2.1 准确性

这里的准确性主要指无大的结构调整（章节调整、段落调整、句子前后调整）、省译、增译和误译。

1）结构调整

《草房子》、"曹文轩英汉双语作品集"、《甜橙树》《羽毛》《烟》和《天空的呼唤》中，中英文版本基本——对应，而《青铜葵花》的英译本中，出现了较多的结构调整，有频繁的段落合并和整句的前后调整。以下仅为其中两例：

例1：

狗在村巷里跑着。

一只公鸡飞到了桑树上，打着鸣。

到处是孩子们咯咯的笑声。

葵花想见到大麦地。（《青铜葵花》，2005：9）

Dogs were running through the streets. A cockerel had flown up into a mulberry tree and was crowing. There was children's laughter everywhere.

Sunflower longed to go there. （*Bronze and Sunflower*，2015:17）

例1中，对狗、公鸡、孩子们的笑声、葵花的描述被分在四句话中分列四行说明，通过特殊的语相特征营造了特殊的文学效果，而在译文中，前三行的内容被合并成一整段话，第四句并入下一段，原文的基本含义保留，但特殊的段落布局所带来的视觉效果丧失了。

例2：

干校的几个阿姨很精心地打扮了这个小姑娘。一个干干净净、体体面面的小姑娘。这小姑娘的头发被梳得一丝不苟，小辫儿上扎着鲜艳的红头绳。脸很清瘦，眼睛显得有点大，细细的但又很深的双眼皮下，是一双黑得没有一丝杂色眼睛。目光怯生生的。她一动不动地坐在石碾上，身旁是一个包袱。（《青铜葵花》，2005：51）

The aunties had gone to a lot of trouble to make her look nice. They had brushed her hair into a plait and tied it with a red ribbon. Not a hair was out of place. She was a clean, tidy and presentable little girl.

She sat perfectly still on the stone slab, her cloth bundle by her side. Her big black eyes and her thin little face gave her a timid look. （*Bronze and Sunflower*, 2015: 74）

例 2 中，原句的几个小分句，在译文中顺序被打乱，调整后新的顺序更符合逻辑，衔接性更强，容易为小读者所理解：阿姨打扮这个小姑娘——打扮的具体内容：梳头——看起来干净、体面——坐在石碾上——看起来怯生生。

这样的结构调整在译文中频繁出现，展现了译者 Helen Wang 比较自由的翻译惯习。

2）省译

根据省略程度的不同，省译又可以细分为两类，一类是整句删除，一类是句子简化。

A. 整句删除

整句删除指因为某种原因略去文中的某一句或几句话不译。这样的处理方式在《青铜葵花》英译本中尤为多见。

例 3：

两岸都是芦苇，它们护送着流水，由东向西，一路流去。流水的哗哗声与芦苇的沙沙声，仿佛是情意绵绵的絮语。流水在芦苇间流动着，一副耳鬓厮磨的样子。<u>但最终还是溜走了——前面的溜走了，后面的又流来了，没完没了。芦苇被流水摇动着，颤抖的叶子，彷佛被水调皮地胳肢了。</u>天天、月月、年年、水与芦苇就这样不厌其烦地嬉闹着。（《青铜葵花》，2005：8）

The reeds on either side stood guard over its journey from west to east. The river and reeds whispered and chuckled like best friends, teasing and twitching. Day after day, month after month, year after year, they played together tirelessly. (*Bronze and Sunflower*, 2015: 16）

例 3 整段都是对于大河的描写，流水、芦苇都是具体的描写对象，译文中将画线部分非常细致的细节描写省去，前后文依然连贯。

例 4：

葵花还小，她不会去想未来会有什么命运在等待着她、她与对岸的大麦地又会发生什么联系。（《青铜葵花》，2005：5）

例 5：

这是一个无声的世界。

清纯的目光越过大河，那便是声音。（《青铜葵花》，2005：27）

例6：

爸爸与葵花之间，是生死之约，是不解之缘。（《青铜葵花》，2005：29）

在英文译文中，例4、例5、例6均被整句删去，删去之后，前后句之间依然能够保持连贯性。三个例子的相同点在于它们都是不使故事情节发生变化的细节，删去后，不影响故事情节的推进。

例7：

女儿就这样一天一天地长大了。

他比熟悉自己还要熟悉女儿。熟悉她的脸、胳膊与腿，熟悉她的脾气，熟悉她的气味。一直到今天，她的身上还散发着淡淡的奶香味，尤其是在她熟睡的时候，那气味就像一株植物在夜露的浸润下散发的气味一般，从她的身上散发出来。他会用鼻子，在她裸露在被子外面的脸上、胳膊上，轻轻地嗅着。他小心翼翼地将她的胳膊放进被窝里。他觉得女儿的肌肤，嫩滑嫩滑的，像温暖的丝绸。躺在床上，他本是在想青铜葵花的，但会突然地被一股疼爱之情猛地扑打心房，他不禁将怀中的女儿紧紧地搂抱了一把，将鼻尖贴到女儿的面颊上，轻轻摩擦着。她的面颊像瓷一般光滑，使他感到无比的惬意。

他在给女儿洗澡，看到女儿没有一丝瘢痕的身体时，心里会泛起一股说不出的感动。女儿像一块洁白无暇的玉。他不能让这块玉有一丝划痕。然而女儿并不爱惜自己，她不听话，甚至还很淘气，时不时地胳膊划破了，手指头拉了一道口子，膝盖碰破了。（《青铜葵花》，2005：38）

Day by day, his daughter grew. He knew her better than he knew himself. He knew her face, her arms and legs, her temperament. Recently he'd been working so hard that he mostly saw her when she was asleep, when he tucked her arms under the cover. Her skin was soft as warm silk. As he lay in bed thinking of bronze sunflowers, he would suddenly be overcome with love. He would wrap his arms around her and hold her tight, taking in her smell as he nuzzled her porcelain-smooth cheeks.

In daylight, when he saw her skin as flawless as the purest white jade, the thought of even a scratch on it tormented him. He insisted she took care as she played. But she did not always do so as she was told, and sometimes she scraped her arm, nicked her finger or grazed her knee.（*Bronze and Sunflower*, 2015: 56）

这两段内容描写父亲对葵花的疼爱，原文中画线部分细致地描写了葵花父亲对葵花身上气味的迷恋，还提及到他帮葵花洗澡，而英国国家读者更加注重界限感，哪怕是父女之间，父亲对女儿的这种爱容易让人感觉违反伦理，省去这些细节描写的译文更容易被英语国家读者接受。

例 8：

干校的几个中年妇女簇拥着那个紧紧抱着葵花的男人，匆匆离开了大河边，往干校跑去。（《青铜葵花》，2005：42）

Some women hurried her away from the river and back to the Cadre School.（*Bronze and Sunflower*, 2015:6）

例 8 和例 7 类似，原文中葵花的父亲意外落水后，为了安抚几乎情绪失控的葵花，一位男性将其紧紧抱住，因此有了原文中的"那个紧紧抱着葵花的男人"，而在译文中这个部分被删去，也更容易被注重不同性别身体界限的英语国家读者接受。

例 9：

看见那些孩子转动着小鸡鸡，用尿写出一个字来，或是看到他们用粉笔在人家的墙上乱写，他既羡慕，又羞愧——羞愧得远远待到一边去。（《青铜葵花》，2005：69）

When he saw boys scribbling, characters in chalk on someone's wall, he felt envious and ashamed–so ashamed that he had to keep his distance.（*Bronze and Sunflower*, 2005: 101）

"转动着小鸡鸡，用尿写出一个字来"是中国旧时农村物质田间匮乏的条件下，学童用来代替纸笔写字玩耍的一种方式，英语国家的小读者生活在不同的环境下，这样的细节未必能为其所理解，译文中将其删去，更便于他们理解，同时也不至于引起儿童文学的双重读者另一方——父母的不适。

例 10：

（第一百零一双鞋是为青铜编制的。青铜也应该有一双新的芦花鞋。）葵花也要，妈妈说："女孩家穿芦花鞋不好看。"妈妈要为葵花做一双好看

的布棉鞋。（《青铜葵花》，2005：84）

Sunflower wanted some too, but Mama said she would make her some padded cotton shoes instead. "They're much nicer," she said. (*Bronze and Sunflower*, 2015: 101）

例 10 中，青铜妈妈这样的做法表现了对养女葵花的爱，但是容易有性别歧视之嫌，译文中将其删去，代之以中性的说法"布棉鞋要好看得多"。

例 11：

三个孩子只好手拉着手往前走，中间是草灵。谁走丢了都可以，草灵却不可以走丢的，因为草灵小，并且是一个女孩儿。（《白马雪儿》，2015：5）

They held hands and walked forward, the two boys on the outside, and Caoling in the middle. She was the youngest, and they didn't want to lose her. (*Looking for Snowy*, 2016: 70）

例 12：

要的饭，坡娃和瓜灯吃，要的钱，买饭给草灵吃。草灵是女孩，是他们的妹妹。（《白马雪儿》，2015：12）

She was the youngest, and they promised to look after her. (*Looking for Snowy*, 2016:78）

例 11 和例 12 情况类似，体现了中国文化中的"年长者要照顾年幼者，男性要照顾女性"，因此两句话中强调了"草灵比他们小""又是女孩子"，因此需要他们的照顾，某种程度上体现了曹文轩作品中的性别观念。译者中删去了"并且是一个女孩"和"草灵是女孩"，只保留"年长的要照顾年幼的"这一观念。

例 13：

胖子从自己苹果树上摘下了一只苹果，扔向河西的瘦子："尝尝！"

瘦子从自己苹果树上摘下了一只苹果，扔向河西的瘦子："尝尝！"

爷爷、奶奶、妈妈、哥哥、姐姐、妹妹都摘了自家树上的苹果，向对岸跑去。一时间，河的上空，到处飞着红苹果和黄苹果。（《烟》，2014）

（注：画面上大河的两岸各有许多人在向河对岸扔苹果）

Mr.Pang plucked an apple from one of his apple trees, and threw it over to Mr.

Shou on the opposite bank."Have a taste！"he said.

Mr.Shou plucked an apple from one of his apple trees, and threw it over to Mr. Shou on the opposite bank."Have a taste！"he said.（*Smoke*, 2016）

在英译本中，例 13 的原文的画线部分被整句删去。图画书不同于文字书的一点在于，除了内容之外，还要注重画面和文字之间的协调。在原文中，四行中文字占四行空间，经过处理后的译文，也是占四行的空间，文字和画面布局上的美感得到保留，而省略掉的文字部分读者可以从画面中得到补偿。

例 14：

妈妈和哥哥姐姐们及时赶到！它们不顾一切地冲了上去。<u>黑狗最终丢下点儿，仓皇逃窜。</u>（《天空的呼唤》，2012）

Spot's mother and the rest of the family came to save him! They attacked the dog without worrying about their own safety.（*The Call of the Sky*, 2018）

例 14 中三句话出现在同一页画面下方，占据两行的位置。译文中删去了原文中的画线部分，剩下的译文仍然占据了三行的空间，如果在不调整其余部分译文情况下，不将这句话删除，想必还需要更多的版面空间，整个版面的美感就会遭到破坏。删除掉的这句"黑狗最终丢下点儿，仓皇而逃"可以在下一页的画面中得到补偿。

例 15：

<u>他把这只蛋举起来，对着阳光照了照，</u>回家后，把它轻轻地塞到了刚刚开始孵蛋的母鹅身子底下。（《天空的呼唤》，2012）

He brought it home and carefully put it underneath the mother goose.（*The Call of the Sky*, 2018）

"对着阳光照了照"是捡到蛋后的自然而然的细节动作，饶有趣味，译文中将其略去，只剩下"将它带回家，塞在母鹅下面"，简单的描述显得平淡。

例 16：

小家伙两眼上方各有一个黑点儿，<u>看上去显得格外俏皮。</u>（《天空的呼唤》，2012）

The little baby had two black spots, one above each eye.（*The Call of the Sky*, 2018）

译文中省略了"看上去显得格外俏皮"，将评论性表达"看上去显得格外俏皮"，留给图画画面来补充。

例17：

<u>冬天，漫地大雪。</u>这群鹅展开巨大的翅膀，将地上的雪扇动起来，<u>天空一片沸沸扬扬的雪花。</u>看到的人都说："这是世界上最幸福的一家子！"（《天空的呼唤》，2012）

In winter, the flock opened their wings and flapped at the snow. They were a very happy family.（*The Call of the Sky*, 2018）

诗意的语言描写是曹文轩作品的重要特色，通过文字和画面来美育是图画书的重要功能之一。"冬天，漫地大雪""天空中一片沸沸扬扬的雪花"这样的诗意描写在译文中均被删除，就文学作品来说，不得不说是一种遗憾。

B. 简化

这里我们讨论的简化主要指删减修饰词或短语，以及用相对概括的说法代替细致的描写和叙述。

这样的现象，在《青铜葵花》、"曹文轩中英双语作品集"、《甜橙树》、《天空的呼唤》里均有出现。

例18：

<u>悠闲的或忙碌</u>的大麦地人，会不时地注目他们：阳光明亮，空旷的田野上，青铜带着葵花在挖野菜，他们走过了一条田埂又一条田埂。（《青铜葵花》，2015：65）

The villagers often saw them together in the bright sunshine out on the ridges between the fields, looking for wild plants, mostly walking but sometimes sitting for a while or laying back in the grass.（*Bronze and Sunflower*, 2015:94）

原文中用"悠闲的或忙碌的"修饰"大麦地人"，形象地向读者呈现了大麦地人日常生活的情景，极具画面感。译文中将"悠闲的或忙碌的"删去，句子的核心意义依然保留，画面感丰富性降低。

例19：

（拉手风琴的是一个中年男人。他坐在路灯下，全神贯注地演奏着。一顶破旧的草帽过多地遮住了他的额头。他的脚旁，是一个铺盖卷。）他的形

象和神情，都证明着他是一个到处流浪的人。（《甜橙树》，2012：4）

There seemed little doubt he was a wanderer.（*Sweet Orange Tree*, 2012: 2）

中文中的"他是一个到处流浪的人"体现在"他的形象和神情"上，而"形象和神情"正是前文所提及的内容（括号部分），前后呼应，译文中将其简化为"there seemed little doubt"，与上文衔接性降低，但读者依然是可以理解的。

例20：

一个叫九宽的男孩和一个叫虾子的男孩把一条放鸭的小船横在了河心，正趴在船帮上，<u>等那钱一张一张漂过来。</u>（《甜橙树》，2012：123）

A boy named Jiukuan and another named Xiazi took a small boat used to tend ducks to the center of the river and waited for the money to <u>arrive</u>.（*Sweet Orange Tree*, 2012: 48）

"等那钱一张一张漂过来"中"一张一张"和"漂"共同营造出画面感，同时又富有童趣，译文中仅用一个"arrive"代替，意义虽保留，形象性上有所损失。

例21：

大鸭和小鸭已<u>哭得不能再哭了。</u>（《甜橙树》，2012：192）

DaYa and XiaoYa were <u>wailing.</u> （*Sweet Orange Tree*, 2012: 98）

"哭得不能再哭了"表明哭到悲伤的极点，"wail"传达出基本含义，程度上还有所欠缺。

3）增译

例22：

外面，瓜灯和草灵还在等着他呢。《白马雪儿》，2014：25）

He was the oldest and he was supposed to be looking after Guadeng and Caoling.（*Looking for Snowy*, 2016:89）

"坡娃"是三个孩子中最大的一个,加上了"他是最大的,应该照顾其他人"前后更加连贯,便于小读者理解。

例23：

秋虎一连三天没有上学。再上学时，人瘦了一圈。（《凤鸽儿》，2013：52）

For three days in a row, Qiuhu did not go to school. And when he did go, it was clear that he hadn't been eating. He was so much thinner than before. (*A Very Special Pigeon*, 2016)

这个译例当中，译者加了"很明显，他没吃饭"，使得前后更加连贯，便于儿童读者理解。

例24：

"风呀，你赶紧来吧！赶紧来把我吹走吧！"羽毛在心里不住地呼唤。（《羽毛》，2013）

"Oh wind! Come quickly! Come quickly and blow me away!" Feather said, silently in the heart because she was unable to make a sound. (*Feather*, 2017)

译者在译文中加上了"在心里不住地呼唤"的原因，即"she was unable to make a sound"，体现出显化的翻译策略，一方面便于儿童理解，但另一方面，对儿童来说，在阅读中培养阅读能力是儿童文学（包括图画书）的使命之一，"显化"的翻译策略剥夺了儿童在阅读中提高阅读能力的权利。

4) 误译

《草房子》一书中仅有极少数因理解不当造成的误译。如：

例25：

从走进小巷的那一刻起，桑桑就觉得白雀会从家里走出来，然后她回头看看，如果没有父亲白三的影子，就会把一封信从袖管里抽出来交给他。（《草房子》，1997：87）

The moment he walked in, he felt Que would come out from her house. He turned back to look. If her father Bai San were not around, he would take out a letter from his sleeve and pass it to her. (*The Straw House*, 2006: 84)

此处描写了桑桑去白雀家取情书，句中的"他"指的是桑桑自己，而译文却将其译为"her"，造成与下文"白雀果然出来交给了桑桑一封信"矛盾，造成了上下文的不连贯，影响读者的理解。

与之形成鲜明对比的是，《青铜葵花》英译本中出现了大量的误译。如：

例26：

大雁飞尽时，青铜家的大屋盖成了。（《青铜葵花》，2005：122）

The new house was finished just as the swallows were leaving.（*Bronze and Sunflower*, 2015:180）

原文中的"大雁"译为"swallow"（燕子），是明显的误译。

例27：

葵花很孤独。（《青铜葵花》，2005：2）

She was alone.（*Bronze and Sunflower*, 2015:6）

原文中的"孤独"译为英文中的"alone"（独自），*alone* 只表示一个人待着的状态，并不能表示心中的情绪，因此，用"alone"来表示"孤独"不贴切。

例28：

除了爸爸，她甚至没有一个亲戚，因为她的父母都是孤儿。（《青铜葵花》，2005：5）

Both of her parents had been only children, so her father was her only relative.（*Bronze and Sunflower*, 2015:11）

"孤儿"指没有父母的孩子，而译文中的"only children"指独生子女，即家庭中唯一的孩子，语义明显不对称，是典型的"误译"，也会让小读者产生"为什么独生子女就不能有亲戚"的困惑。

例29：

他叫喊着："熊样！把腰杆挺直了！挺直了！挺成一棵树！"（《青铜葵花》，2005：196）

"We must be as strong as bears!" he shouted.（*Bronze and Sunflower*, 2015:294）

原文中的"熊样"在中文指的是"傻样"，被译为"be as strong as bears"，语义不对称。

例30：

过了年，天刚转暖，风声又紧张了起来。

村长被叫到了上面。（《青铜葵花》，2005：245）

After New Year, when the weather suddenly turned warm and the wind begin to howl again， the head of the village was called to see his superior.（*Bronze and Sunflower*, 2015:294）

"风声"在中文中指"传出来的消息",译者将其译为"wind",也是语义不对称。

例31:

"偷人家鸭吃,还偷出理来了!"(《青铜葵花》,2005:185)

First you steal a duck, then you steal a punch!(*Bronze and Sunflower*, 2015:280)

"偷出理来"指认为自己偷人家鸭子是有道理的,与译文中的"steal a punch"意义不符合。

同为 Helen Wang 翻译的"曹文轩中英双语作品集"中虽然篇幅较《青铜葵花》短,但也出现了不少误译。如:

例32:

"她妈妈是个不要脸的女人!"那一刻,这句话在许多孩子的耳边又响了起来。崔芹的耳边,也响起了这句话。(《火桂花》,2015:22)

"That girl's mother was shameful!" It was a comment from the crowd, and most of the children heard it. Queqin heard it too.(*The Cassia Tree*, 2016:88)

原文中的"在耳边响起"指的是想起来,但是英文中译为"人群中传出来",是对原文意义理解错误。

例33:

她们走得很慢,走进村庄时,早已家家灯火……(《火桂花》,2015:45)

They walked very slowly and by the time they reached the village, all the lights were out.(*The Cassia Tree*, 2016:88)

原文中的"早已家家灯火"被译为"所有的灯都灭了",意义不对应。

例34:

"小朋友,可要讲道理。"(《凤鸽儿》,2013:50)

"Young man, you need to be realistic."(*A Very Special Piegon*, 2016:110)

"讲道理"和"realistic"显然不是一组对应的概念。

例35:

"知道了。"羽毛轻声说。(《羽毛》,2013)

"I knew it." Feather said quietly.（*Feather*, 2017）

"知道了"是指羽毛听到大雁说它不是大雁的羽毛之后的回答，指从"不知道"到"知道"这一状态的变化。"I knew it"的意思是说"早就知道了"。中英文版本意义不同，可见译者没有准确地理解原文，造成了误译。

例 36：

不一会儿，胖墩和杆儿搞到了一条小船。（《烟》，2014）

After a while, Butterball and Beanpole came across a small dinghy.（*Smoke*, 2016）

"搞"在中文中是一个口语化的表达，指"设法得到"，译者将其译为"come across"。译者没有正确理解"搞"的含义，造成了误译。

5）小结

在曹文轩作品的英译本中，从准确性来说，作品与作品之间差异较大。

准确性最低的是《青铜葵花》和《天空的呼唤》两部作品。《青铜葵花》英译本中有大量的段落调整，其中段落合并出现的频率很高，合并后文章篇幅变短，逻辑性也更加连贯。《青铜葵花》中还有不少删节，删除的部分主要有两种：第一，部分不能推进故事情节发展的细节，如非叙述评论，而非叙述的展开，这是为了遵守译文读者文化的诗学观。"中国的文学作品往往过于冗长，给西方读者留下了粗制滥造的印象"（周晓梅，2006：69）。第二，部分对英语文化读者来说难以接受的情节，如《青铜葵花》中葵花的父亲为其洗澡的情节。类似第二种情况的删节在同为 Helen Wang 翻译的"曹文轩中英双语作品集"中也有出现。某些地方还出现了增译的现象，增译后的段落前后更加连贯，便于译文读者理解，但是某种程度上来说，也剥夺了孩子们在阅读中提高自己阅读能力的权利。另外，这本书的误译率也较高，向译文读者传达了一些不准确的信息。

《天空的呼唤》作为图画书，虽然本身的文字量就不大，但是准确性程度也较低，简略化现象特别明显，不少比较具体的表达在译文中就剩下没有修饰的句子主干。图画书文字本身也是作品很重要的组成部分，在这样的翻译策略处理下，整本书的文字部分就只剩下干巴巴的故事主干，而损失的很多细节描写是图画也无法全部弥补上的。如果说是因为考虑到版面的限制，不得不牺牲一些文字，那《羽毛》和《烟》更高的准确性正是有力的反例。译者这样的翻译策略体现的译者惯习，将在后文进行分析。

其他几本书的英译本与原作之间对应程度较高，虽偶尔也有段落调整、省译、增译、误译，但比例都不高。

5.2.2.2 儿童性

儿童文学作品的儿童性的体现通过多种手段实现，如口语化词汇的运用、重复、拟声词、童谣等手段。几位译者在处理这些语言现象时，表现出一定的共性和个性。

1）口语化词汇

儿童文学作品中口语化词语的运用，符合儿童读者的心理规律，便于他们理解，也容易引起他们的兴趣。在曹文轩儿童文学作品中，也有大量口语化词汇的运用。

例37：

就在当天，桑桑看到，一直被人称之为是他的影子的阿恕，竟屁颠屁颠地跟在杜小康的后头，到打麦场上去学骑自行车了。（《草房子》，1997：169）

On the same day, Sang Sang saw Ah Shu, his shadow in many people's eyes following Du Xiaokang earnestly.（*The Straw House*, 2006: 160）

上例中的"屁颠屁颠"是口语化的表达方式，富有童趣，极具画面感，仿佛能看到阿恕乐呵呵地尾随杜小康的模样，译文当中用一个"earnestly"代替，基本含义保留了，但童趣性上有所损失。

例38：

晚上，昏暗的灯光下，当爸爸终于与她会合时，爸爸的心里会感到酸溜溜的。（《青铜葵花》，2005：7）

In the evenings, in the dusky lamplight, her father's heart would fill with sadness.（*Bronze and Sunflower*, 2015:14）

例39：

陪着葵花的几个阿姨，一直眼巴巴地等着有人家走出来。（《青铜葵花》，2005：54）

The aunties who had brought Sunflower to Damaidi were desperate for someone to step forward.（*Bronze and Sunflower*, 2015:78）

上面两例中的"酸溜溜""眼巴巴"贴近儿童日常生活语言,改为"sadness"和"desperate"之后,传达了基本含义,但用词严肃,不容易让小读者有亲近感。

例40:

她不生爸爸的气,就那样骨碌着眼睛,安静地枕在爸爸的胳膊上,闻着他身上的汗味,等着瞌睡虫向她飞来。(《青铜葵花》,2005:7)

She wouldn't get cross; she would just look around her, quietly resing her head on his arm, taking in the smell of him, waiting for sleep to come.（*Bronze and Sunflower*, 2015:15）

在中文中"瞌睡虫来了"指有困意了,童趣横生,在译文中被省去,代以干巴巴的"sleep to come"。

2）短句

儿童文学作品中多用短句,既符合儿童文学的认知水平,又创造了韵律感,读起来朗朗上口。

例41:

她的话还没说完,只见鹰"嗖"地飞离了岩石,然后像一只黑色的箭,向云雀射去。(《天空的呼唤》,2012)

She hadn't even finished speaking when she saw the hawk fly off the cliff with a whoosh and shoot like a black arrow toward the skylark.（*The Call of the Sky*, 2018）

例42:

两股烟玩耍了一阵,掉头飘了回来,然后又飘到了天上。(《烟》,2014)

The two plumes of smoke danced and danced, drifting back the way they had come before rising into the sky and out of sight.（*Smoke*,2016）

《羽毛》《天空的呼唤》《烟》3部作品均为图画书,与小说相比目标读者更为低龄,因此原文语言以小短句为主,但译者将其译为英文时用了长句,忽略了目标读者的理解水平,容易造成理解障碍。

3）重复

儿童文学作品中的重复可以加强语气，创造韵律感，增强趣味性。

例 43：

"读书真没有意思，总是上课、上课、上课，总是做作业、做作业、做作业，总是考试、考试、考试，考不好，回家还得挨打。"（《草房子》，1997：236）

It's pointless studying. It's always classes, homework, exams.（*The Straw House*, 2006: 221）

这段话在故事中是桑桑对于上学的一段感受，对"上课""做作业""考试"的重复，形象地揭示出桑桑对于上学的厌烦，而译文则将这几处都删去，效果上大打折扣。

例 44：

胖子说："是我先走上桥来的。"

瘦子说："是我先走上桥来的。"（《烟》，2014）

"I started walking on the bridge first，"said Mr.Pang.

It was me who started walking on the bridge first,"said Mr.Shou.（*Smoke,*2016）

原文中两次出现"是我先走上桥来的"形象地展现了两个人互不相让、剑拔弩张的情景。译者将第二句话用了一个强调句型表达出来，本意是避免重复，却弄巧成拙，失去了原文作者想要创造的效果。

例 45：

胖墩和杆儿看呆了。大耳朵和尖耳朵看呆了。

胖子和瘦子看呆了。胖子一家人和瘦子一家人也看呆了。（《烟》，2014）

Butterball and Beanpole couldn't look away. Floppy Ears and Pointy Ears couldn't look away. Mr.Pang and Mr.Shou couldn't look away, and neither could their families.（*Smoke*, 2016）

原文中出现四次"看呆了"，既有画面感，又有韵律感，而译文中最后一部分的"neither could their families"则削弱了这种效果。

例 46：

一根羽毛，一会儿被风吹到这边，一会儿又被风吹到另一边。（《羽毛》，2013）

A little feather was blown a little while this way by the wind and a little while that way by the wind.（*Feather*, 2017）

译者在译文中用了类似的句式，读来朗朗上口，韵律感十足。

4）比喻

比喻是儿童文学中常用的艺术手段，使得情节和人物形象生动逼真。

例 47：

细马却还是像一头小牛犊一样，企图挣出桑桑和桑桑母亲的手。（《草房子》，1997：188）

Xi Ma still struggled to get free from Sang Sang and his mother.（*The Straw House*, 2006: 177）

中文中的"像一头小牛犊一样"形象生动地描写出细马的执拗，充满童趣，译文中却将其删去，过于简化地表达了原文的含义。

例 48：

于是无数对目光，像夜间投火的飞蛾，一齐聚到那颗已几日不见的秃头上。（《草房子》，1997）

Numerous pairs of eyes, like moths darting into a flame in the evening, fell on the bald head which hadn't been seen for days.（*The Straw House*, 2006:17）

原文将"四处投来的目光"比喻成"夜间扑火的飞蛾"，形象生动，这一比喻以及其产生的效果在译文中也得到了重现。

可见，对于相同的语言现象，即使在同一个译本中，前后也会出现翻译方法不一致的情况。

5）拟声词

拟声词是儿童文学重要的语音特征之一，能创造独特的节奏和韵律。对拟声词的处理，这几部英译本中采取了以下几种方法：

A. 删除

例 49：

牛<u>哧嗵哧嗵</u>地跑到了最前头。（《青铜葵花》，2005：60）

Up at the front, leading the way, was the buffalo. (*Bronze and Sunflower*, 2015:88）

在本例当中，拟声词"哧嗵哧嗵"被删去，也未作出任何补偿。

B. 用一般动词来代替

例 50：

"哇！"先是一个女孩看到了，叫了起来。（《草房子》，1997:12）

A girl saw it and <u>screamed</u>. (*The Straw House*, 2006:17）

例 51：

十几个日本兵背着长枪骑着马，<u>"的笃的笃"</u>地从街上呼啸而过。（《白马雪儿》，2015：7）

A dozen or so horses carrying Japanese soldiers with rifles on their backs came <u>rushing</u> down the street. (*Looking for Snowy*, 2016:71）

以上例句中的拟声词都被删去，代之以比较泛化的动词"scream""rush"，传达了基本含义的同时，也失去了童趣。

C. 用一般动词代替，并用副词作出一定补偿

例 52：

他做出玩得很快活的样子，还"嗷嗷嗷"地叫，但他很快发现，别人并没有去注意他。（《草房子》，1997:21）

Bald Crane looked joyful and shouted cheerfully. (*The Straw House*, 2006:26）

在无法在英文中找到"嗷嗷嗷"的对应词的情况下，先是用"shout"译出基本含义，再用 cheefully 修饰，弥补了拟声词消失的语义损失，但是音乐性上的效果仍然无法补偿。

例 53：

他就不停地跑动着，直跑得呼哧呼哧的，满头大汗。（青铜葵花，2005:43）

But on he ran, panting loudly, sweat dripping from his brow.（*Bronze and Sunflower*, 2015: 63）

原文中的"呼哧呼哧"形象地表现出句中人物跑得很费劲的样子，译文中用一般动词"pant"代替，并用 loudly 进一步修饰，对拟声词作了一定的补偿。

D．用英语中的拟声词代替

例 54：

火苗像撒野的动物，向前奔涌着，并发出<u>"呼呼"</u>的类似于野兽的喘息声。（《火桂花》，2016：43）

The flames surged forward, <u>hissing and snarling</u> like wild beasts.（*The Cassia Tree*, 2016:106）

例 55：

就在坡娃他们疑惑不解时，那大铁门居然已经<u>"吱呀吱呀"</u>关上了。（《白马雪儿》，2015，45）

The children were still wondering where the guards were when the iron gate <u>creaked shut</u>.（*Looking for Snowy*, 2016:109）

例 56：

流水的<u>哗哗声</u>与芦苇的<u>沙沙声</u>，彷佛是情意绵绵的絮语。（《青铜葵花》，2005：8）

The river and reeds whispered and chuckled like best friends, teasing and twitching.（*Bronze and Sunflower*, 2015:16）

以上三例中的拟声词"呼呼""吱呀吱呀""哗哗声""沙沙声"在译文中由"hissing and snarling""creak""whispered and chuckled"代替，达到同样的效果。

6）童谣

曹文轩作品中多处使用了童谣。童谣朗朗上口，且有押韵，读起来有韵律感，能吸引儿童。

A. 牺牲押韵

例 57：

一树黄梅个个青，打雷落雨满天星。三个和尚四方坐，不言不语口念经。

（《草房子》，1997：43）

There was a tree of green plums, each every green.

When it was thundering and raining, stars filled the sky.

Three monks sat in a square.

In silence, they recited their sutra.（*The Straw House*, 2006：44）

中文中，"青""星""经"押尾韵，译文仅传达了原文的基本含义，放弃了押韵。

例58：

粽子香，香厨房。艾叶香，香满堂。桃枝插在大门上，出门一望麦儿黄。这儿端阳，那儿端阳。（《青铜葵花》，2005：11）

The rice cakes smell sweet, their scent fills the kitchen, the leaves smell so sweet, their scent fills the house.（*Bronze and Sunflower*, 2015: 20）

中文中这一童谣前句的"香"和后句的"香呼"应，"房""堂""黄"和"阳"押韵，两个"端阳"起到重复效果。译文中，译者仅仅译出了前半句，考虑到整首童谣描述的是中国文化中的端午节，内容与前后情节并无太大关联之处，将后半句省去也关系不大，但是译文中押韵的损失，却使得整句话失去了童谣的韵味。

例59：

背后，孩子们都在心里用劲骂："麻子麻，扔钉耙，扔到大河边，屁股摔成两半边！"（《甜橙树》，2012：22）

Behind him, the kids cursed him.（*Sweet Orange Tree*, 2012: 15）

例60：

瞌睡金，瞌睡银，瞌睡来了不留情；瞌睡神，瞌睡神，瞌睡来了不由人……（《甜橙树》，2012:194）

Sleepiness is gold and silver, and merciless; sleepiness is god, and irresistible.（*Sweet Orange Tree*, 2012: 99）

这两例中的"麻"和"耙"的押韵，"银""神""情"和"人"的押韵，在英文中通通被舍弃。

B. 补偿

例 61：

奶奶说："田埂上，拔毛针，后拔老，先拔嫩。葵花小，当然葵花先来。"（《青铜葵花》，2005：72）

"On the ridge, picking grass, young grass first, old grass last. Sunflower's the youngest, so it's right that she should go first."said Nainai.（*Bronze and Sunflower*, 2015:105）

"拔毛针"也是中文中特定的概念，是一种可以吃的草，在春天的江浙一带的乡间经常可以见到，译者为了避免小读者理解译文困难，将其简单地译为"grass"，是可以接受的。此外，原文中的"针"和"嫩"这一对押韵在译文中丢失，但译者新创了"first"和"last"这组押韵作出了弥补。

例 62：

南山脚下一缸油，姑嫂两个赌梳头。姑娘梳成盘龙髻，嫂嫂梳成羊兰头。（《青铜葵花》，2005：79）

Little sister, Meimei, we combed your hair, And now you look like a lady! Big Sister, Jiejie, we combed your hair And now you look like a baby!（Bronze and Sunflower, 2015:117）

中文中的韵脚"油""头"在英文中略去，但译者又自创了"lady"和"baby"这样一组新的韵脚，再现了押韵的效果，同时也用浅显易懂的语言传达了"盘龙髻"和"羊角头"的基本含义。

例 63：

四月蔷薇养蚕忙，姑嫂双双去采蚕。桑兰挂在桑树上，抹把眼泪将把桑。（《青铜葵花》，2005：83）

When roses bloom in the spring, And the silkworm season begins, the women go out to pick mulberry leaves, in pairs, in pairs, their baskets hang from the mulberry trees, and they strip the branches bare, in tears, in tears.（*Bronze and Sunflower*, 2015: 123）

这例中虽然原文中每个小分句末尾的韵脚丢失，且七个字一个小分句的节奏也被打乱，但是译者自创了"in pairs, in pairs"和"in tears, in tears"这一组精彩的韵脚，除此之外"begins""leaves""trees"也有押韵效果。

例 64:

树头挂网枉求虾，泥里无金空拨沙。刺槐树里栽狗橘，几时开得牡丹花？（《青铜葵花》，2005：90）

Fishing for prawns in trees? Oh, put away your net！ Looking for gold in mud? There's only sand as yet! Oranges grow on the black locust tree. Oh, when will we see the pe-o-ny?（*Bronze and Sunflower*, 2015: 134）

同上例一样，原来的韵脚丢失，但是"net"和"yet"这一组新的韵脚作出了补偿。

例 65:

好大的月亮好卖狗，卖了银钱打烧酒。走一步，喝一口，这位大哥，俺问你们可买狗？……（《凤鸽儿》，2013：7）

When the moon was full, he sold the dog,

And paid in silver for a bottle of grog.

At every <u>step</u>,

He took a <u>slip</u>.

Filled with <u>regret</u>,

He could never forget.（*A Very Special Pigeon*,2016:69）

中文中的韵脚"狗"和"酒"，译者对应地翻译成"dog"和"grog"，不仅保留了原来的含义，也保留了押韵。此外，还自创了"step"和"slip"这一组押韵，更值得称道的是，译者在原文之上增译了两句"Filled with regret"和"he could never forget"，又新创了一组押韵，可以算是创造性叛逆的典范了。

7）直接引语

直接引语在儿童小说中发挥着重要的作用，通过人物的语言和对话使得情节更为生动，但是在曹文轩作品的英译本中大量的直接引语被改为了间接引语。

例 66:

她彷佛听到了奶奶颤抖的声音："别怕，孩子！"（《青铜葵花》，

2005：53）

She seemed to hear her trembling voice telling her not to be afraid.（*Bronze and Sunflower*, 2015:77）

例 67：

每回，青铜把葵花送到学校后，葵花都是抛进校园很快又跑了回来："哥哥，放学了，我等你。"她就生怕青铜把她忘了。青铜怎么能把她忘了呢？（《青铜葵花》，2005：74）

Every time Bronze dropped her off in the morning, she'd run into school, then run straight out again and check that he would be there to pick her up later. She was worried that he'd forget.（*Bronze and Sunflower*, 2015：108）

例 68：

哥哥姐姐逢人便说："我们家长得最好看的，就是点儿！"（《天空的呼唤》，2012）

Spot's family thought he was the best-looking goose ever.（*The Call of the Sky*,2018）

例 69：

冬天，漫地大雪。这群鹅展开巨大的翅膀，将地上的雪扇动起来，天空一片沸沸扬扬的雪花。看到的人都说："这是世界上最幸福的一家子！"（《天空的呼唤》，2012）

In winter, the flock opened their wings and flapped at the snow. They were a vey happy family.（*The Call of the Sky*, 2018）

在上面几例中，原文都用了人物的直接引语，读来有亲切感，容易为儿童读者接受。而译文中都将直接引语删去，改成了转述，失去了童趣。

8）小结

在曹文轩作品英译本中，普遍而言，对童趣的保留普遍差强人意，两种语言的差异所带来的语言障碍是主要因素，在这其中，表现突出的是 Helen Wang，在拟声词和童谣的翻译方面，尤其是童谣的翻译，她有很多的佳译。

5.2.2.3 文学性

曹文轩坚持为儿童进行"美的写作"，在他的作品中美感无处不在，在译文中能否再现这样的美感是译者翻译观和翻译能力的体现。

1）重复

文学作品中重复手法的熟练运用能在很大程度上丰富叙事意义，强调主题，刻画人物，渲染气氛，产生节奏感，造成读者心理上某种强烈的感受与震撼（李海红，2013）。曹文轩对于重复手法的熟练运用，具有高度的"文学性"。

例70：

草是潮湿的，花是潮湿的，风车是潮湿的，房屋是潮湿的，牛是潮湿的，鸟是潮湿的……世界万物都还是潮湿的。（《青铜葵花》，2005：1）

Everything was wet: the grass, the flowers, the windmills, the buildings, the buffaloes, the birds, the air.（*Bronze and Sunflower*, 2015: 005）

本例中，作者反复运用"……是潮湿的"这一句型，最后以一句"世界万物都还是潮湿的"总结全局，宛若一幅画卷在读者面前缓缓拉开，极具画面感。译中略去了多个"是重复的"，只罗列了"草""花""风车"等。

例71：

人们总是看见他在奔跑，很少看见他走路的样子。在田野上跑，在荒地里跑，在大堤上跑，在村巷里跑，双腿不住地躁动，跑得轻飘飘地，像股风，忽地就没了人影。（《火桂花》，2015：10）

He ran all the time---no one ever saw him walk---he ran over the fields, across the wasteland, along the dykes, through the village lanes.（*The Cassia Tree*,2016:74）

"在……上跑"在原文中多次重复出现，创造了一个无时无刻不在奔跑的少年形象。译文中省去"在……上跑"，语气弱化了。

例72：

一个离她远远的，就十个离她远远的；十个离她远远的，就一百个离她远远的。（《火桂花》，2015：11）

But when one kept a distance, so did ten. When ten kept a distance, so did a hundred.（*The Cassia Tree*,2016:76）

"离他远远的"在原文中重复了四次，让读者感受到婉灵的孤立无援，在译文中变成了两组重复，语气削弱了。

2）短句

短句带来的节奏感能够带给读者文学性的享受，在一些情况下，还能对故事情节发展起到强化作用。

例 73：

青铜惦记着葵花在家的时间已经不多了，去时，跑着，回时，也跑着。(《青铜葵花》，2005：255）

Anxious that Sunflower didn't have much time left, Bronze had run all the way to Grandma's and then all the way back.

（*Bronze and Sunflower*, 2015: 381）

例 74：

殴打，挣扎，殴打，挣扎，灰娃终于一丝力气也没有了。(《灰娃的高地》，2013:43）

The fighting and struggling went on until there was not a thread of strength left in Huiwa's body.（*Huiwa's Stand*, 2016: 89）

"去时""跑着""回时""也跑着"，短促的节奏感，衬托出青铜因为担心葵花随时要离开而急匆匆的样子；"殴打""挣扎""殴打""挣扎"四个词语并用，异曲同工，让激烈的打斗场景在读者面前清晰可见，译文中均代以普通的长句，就失去了这种效果。

例 75：

一切，一如往常。（《草房子》，1997：60）

Things went back to normal.（*The Straw House*,2006:60）

例 76：

春天过去了，夏天也过去了，秋天到了。（《草房子》，1997：133）

Spring passed, so did summer. Autumn came.（*The Straw House*,2005:126）

例 77：

八月，摇花，是这个村庄一个隆重而圣洁的节日……(《火桂花》，2015：9）

Tree Shaking in the eighth month was a serious and sacred occasion in this village.（*The Cassia Tree*, 2016:73）

例 78：

她，外婆，还有荒野，挺好的，婉灵满足了。（《火桂花》，2015:34）

As far as Grace was concerned, with her grandmother and the open land, she had everything she wanted.（*The Cassia Tree*, 2016:99）

例 79：

中国的天空，北方，冬季，有几朵悲惨的云无声地飘过。（《白马雪儿》，2015:51）

In that Chinese sky – that northern winter sky – sad clouds drifted silently by.（*Looking for Snowy*, 2016:116）

"八月""桂花""她""外婆""北方""冬季"等词语构成的小短句烘托出静谧的气氛，体现了曹文轩独特的文学特色，译文将这些句子都处理成常规的句型，文学效果被消除了。

例 80：

终于感到无望时，湾便抱着红葫芦游向原先总喜欢去的河心小岛。很小很小一个小岛。（《甜橙树》，2012：94）

Finally, when he felt it was hopeless, Wan held the red squash and swam to a very small islet in the middle of the river that was his favorite place.（*Sweet Orange Tree*, 2012:27）

上例中，单独将岛的大小放在一句话中补充说明，既突出了岛很小，又创造了特殊的文学效果，而译文中处理为非限制性定语，凸显程度降低，句子冗长，文学效果也丢失了。

当然，也有某些词句处理得较好，如以下这段话：

例 81：

木船静静地停在岸边。没有月亮，只有风。风吹得两岸的芦苇乱晃，吹得水面泛起波浪，一下一下拍打着河岸。树上有鸟，偶然叫一声，知道是风的惊扰，又安静下来。村子里，偶然传来一阵呼鸡唤狗的声音。到处是一个意思：天已晚了，夜间的寂寞马上就要来了。（《草房子》，1997：84）

The wooden boat docked at the bank silently. There was no moon, just wind, which blew the reeds on both sides of the river. The wind blew up waves which hit the bank again and again. There was bird on the tree, crying occasionally. When the bird found it was only the wind disturbing it, it became quiet again. The sound of people calling their roasters and dogs home floated from the village from time to time. It was late, and the solitude of the night would fall soon. （T*he Straw House*, 2006:80）

木船、月亮、风、芦苇、河面、鸟、村庄共同营造的意境，用短句为主，穿插整句的形式呈现，译文中，仍然保留了这样的句式结构，营造了相似的意境。

3）晦涩的文学表达

曹文轩作品中也有个别地方过于诗化或者隐晦，译文将其明晰化了。

例 82：

贫穷的油麻地人在新鲜的阳光下，生发着各种各样的心思。（《草房子》，1997：104）

Under the new regime, Youmadi people, who had always been in poverty.（*The Straw House*, 2006:99）

例 83：

前行是纯粹的。（《草房子》，1997：244）

They kept pressing forward.（*The Straw House*, 2006:228）

文中"在新鲜的阳光下"指在新的政权统治下，这样隐藏的含义对异域小读者来说是很难在阅读时自己理解的，译者将其含义明晰化为"under the new regime"，体现了读者意识。"前行是纯粹的"这样的表达方式也过于文学化，同样不便于小读者理解，译者将其明晰为"They kept pressing forward"，也大致做到了意义对等。

4）小结

对曹文轩作品中独具文学性的处理，几位译者均淡化处理了，曹文轩个人的文学特性没有得到保留。

5.2.2.4 文化异质性

中国文化走出去，究竟要让什么走出去？我们要走出去的，不应该是简单的故事情节而已。曹文轩作品的故事背景多在中国的乡村，具有比较强的文化异质性，译者在译文中如何处理这些文化异质成分，也是判断其翻译观和翻译能力的重要依据。

1）人名和称谓的翻译

文学作品中的人名和称谓有时候不仅仅是个代号，可能还隐藏着有关人物的性格、社会的地位等其他方面的信息，蕴含丰富的文化意象，能否成功处理其中的文化意向决定着译作在文化传播中起到了多大的作用。曹文轩作品中的人名翻译大致可以分为以下几种：

A. 音译

在曹文轩作品英译中，绝大多数人名的翻译都采用了音译法，如桑桑（Sang Sang）、纸月（ZhiYue）、香椿（XiangChun）、雀芹（QueQin）、天葵（TianKui）等，这些人名的含义在作品中与人物性格并无关联，因此只起到代号作用，翻译时直接音译即可。

但其中一些名字表示人物的排行，如秦大（QinDa）、丁四（DingSi），还有一些表示人物的外貌特征，如刘瘸子（Liu Quezi），这样的译法未免过于简单，没有达到传达中国文化的异质成分的目标。

此外，将"爸爸"译为"Baba"，"奶奶"译为"Nainai"是比较有创意的译法，译文读者可以借助上下文理解其含义，并逐渐接受中文中对爸爸和奶奶的称谓，客观上使得中国文化得到了传播。

B. 直译

这里的直译指的是直接译出名字的含义，如《草房子》中的秃鹤（Bald Cane），《青铜葵花》中的青铜（Bronze）、葵花（Sunflower），《火桂花》中的婉灵（Grace），长腿二鬼（Long Legs），《甜橙树》中的麻子爷爷（Pock marked Grandpa），六位人物均为故事的主要人物，名字暗示着其重要的外貌特点和性格特点，译者将其名字的含义译出，能帮助译文读者更好地理解故事情节和含义。但"长腿二鬼"只译出了其外貌特点"长腿"，没有译出其性格特点"鬼"（鬼头鬼脑）。

C. 音译加直译

音译加直译也是被采用的方法之一，如"邱二爷"被译为Old Qiu 2nd，"Old"表明其大致年纪，"Qiu"是其姓，"2nd"表示其排行老二；"秦大奶奶"

被译为"Granny Qin","Qin"是其姓,"Granny"表示其辈分。

D. 变译

对个别称谓的翻译,译者采取了更为自由的译法,如"师娘"在文中指桑桑的母亲,校长桑乔的妻子,在中国文化里,人们通常称男教师的妻子为"师娘",是一种尊称,译为英文时,如果直译,不容易为译文读者,尤其是儿童读者所理解,因此译者采取了变通的方法,译为 Madam Sang,既表示她是桑乔的妻子,又表示了尊敬。

2)文化专有项的翻译

各种文化中都有自己独特的物品、节日、风俗等,我们称其为"文化专有项",对这些文化专有项的翻译既要保证能被译文读者理解,又要尽量传递异质文化性,达到最大限度的平衡。曹文轩作品的英译者在翻译时采取了多种策略。

A. 归化:在译入语中找到对应的概念。

例 84:

但一想到她们出门没带一文钱,就又担忧焦虑起来。(《白马雪儿》,2015:9)

But the thought of the three children setting out without a cent between them set them worrying all over again.(*Looking for Snowy*, 2016:73)

"文"是中国古代的货币单位,译者将其归化译为"cent",便于儿童读者理解。

例 85:

曼是从二百里外的芦苇荡嫁到这里来的,才结婚半年。(《甜橙树》,2012:168)

Man had married here, coming from reed marshes that were 100 kilometers away.(*Sweet Orange Tree*, 2012:59)

"里"是中文中特有的长度单位,译者将其换算为 kilometer,并且相应地变化了数量,能给译文读者一个清晰的概念。

例 86:

他们又把寻找的范围扩大到干校周围两里地,但也未能找到。(《青铜

葵花》，2005：43）

They widened the search to three kilometers beyond the Cade School.（*Bronze and Sunflower*, 2015: 62）

同例 86 一样，本例中译者也是将"里"换算为英文中的 kilometer，不过在这个换算过程中，数字出现了错误。

例 87：

是庆幸？是认为这头牛救了孩子光荣？还是对上苍表示谢意而挂红？这里的人并没有一个明确的说法，只知道，牛救了人，就得拴根红布条。（《甜橙树》，2012：30）

There were no definite explanations for doing so perhaps to celebrate luckiness, or to honor the beast, or to thank God？（*Sweet Orange Tree*, 2012: 21）

"上苍"是中文中的特定表达，译者用"God"来代替，虽然便于读者理解基本含义，但容易引起误解，使得小读者认为中国文化中也存在上帝。

例 88：

锤子、剪刀、布（《草房子》，1997：150）

Rock, scissors, paper.（*The Straw House*, 2006: 142）

人类共同的生活体验，决定了类似"锤子、剪刀、布"这样的定胜负游戏在中西方文化中都有，译者在此基础上将其调为西方更常见"rock,scissor,paper"这样的表达方式，更容易被儿童读者接受。

例 89：

"明天，你带秦大奶奶去镇上看场戏吧。"（《草房子》，1997：131）

"Please take Granny Qin to town for a movie tomorrow."（*The Straw House*, 2006: 125）

在中国乡村，"看戏"是普通老百姓的一种娱乐活动，一般指看真人演出，而这样的形式不为西方读者熟悉，译者将其译为"movie"，很好地进行了文化调适。

B. 异化

☆音译

例 90：

夏望对同学说："有的人家养的鸽子，也只能在自家屋顶上空飞一飞，要是拿鸽子拎到三里地以外放了，就再也找不着家了。"（《凤鸽儿》，2013：6）

XiaWang told the other children: "Some people's pigeons can only fly in the sky immediately above the roof. You take their cages above the roof. You take their cages three li away – only three li – and they'd never find their way home." (*A Very Special Pigeon*, 2016: 68)

同样是"里"这个长度单位，同样出自译者 Helen Wang 之手，上文"归化"中的例 85、例 86 中译者将其换算为 kilometer 为单位，而在这里，译者却保留了原来的单位"里"，用汉语拼音"li"代替。

例 91：

将他抽屉里的几十元钱和十多斤粮票掠走，将他的几盒饼干掠走。（《草房子》，1997：212）

They took away a few dozen of yuan and over a jins of food coupons. (*The Straw House*, 2006: 199)

"斤"是中文的重量单位，直接译为"jin"，不易被译文读者理解。

例 92：

你到江南去了几十年，江南人也要帮哭吗？（《甜橙树》，2012:117）

You stayed in Jiangnan for several decades. Do people there also have the practice of wailing at funerals? (*Sweet Orange Tree*, 2012: 44)

"江南"指的是中国江苏省长江以南地区，译者直接将其音译，会让读者认为那就是一个地名，损失了让目标语小读者了解中国一个重要地理概念的机会。

例 93：

是为清明准备的。（《草房子》，1997：167）

They are prepared for next year's Qinming. (*The Straw House*, 2006:158)

"清明"是中国的节日，西方读者，尤其是儿童读者，对这个并不熟悉，译者简单地将其音译为"Qinming"，儿童甚至不知道那是一个传统节日，理解上存在困难。

例94：

一片土地，一片风水好的土地。（《草房子》，1997：103）

They dreamed of a piece of land with good fengshui.（*The Straw House*, 2006:98）

"风水"是中华民族的历史悠久的一门玄术，是一种研究环境与宇宙规律的哲学，不容易为英语文化的小读者理解，译者简单地将其译为"fengshui"，想必小读者难以理解其意义。

☆音译加注

有部分文化专有项，译者在音译的同时，又加上了注释。

例95：

桑桑拉胡琴。（《草房子》，1997：28）

Sang Sang is to play the huqin（a two-stringed bowed instrument）.（*The Straw House,* 2006:98）

例96：

她在城里吃过由芦苇叶裹的粽子，她记得这种清香。（《青铜葵花》，2005：5）

She recognized the smell from the zongzi, the parcels of sticky rice wrapped in reed leaves that she had eaten in the city.（*Bronze and Sunflolower*, 2015: 12）

例97：

他看到两扇院门上，贴了两个大"喜"字。（《草房子》，1997：222）

He saw two characters "Xi（happiness）"passed on the doors of the courtyard.（*The Straw House*, 2006:209）

以上三例中的"胡琴""粽子""喜"都是中国文化中特有的，译者在音译之后再加上简单的注释，既传达了基本含义，又不影响整体流畅性。

☆直译

例98：

那天来了新四军，将他们全部堵在被窝里。（《青铜葵花》，2005：26）

One night, a New Fourth Army came and wrapped all the puppet soldiers in quilts.（*The Straw House*, 2015:30）

"新四军"具有历史文化背景，简单地直译为"New Fourth Army"，可能会给小读者带来理解障碍。

☆意译

例99：

桑桑和纸月都是文艺宣传队的。（《草房子》，1997：25）

Sang Sang and Zhi Yue were both on the performing team.（*The Straw House*: 2006:29）

"文艺宣传队"在中国起源于上世纪40年代，一直活跃到六七十年代，是一支活跃于广大乡村的文化娱乐宣传队伍。对异域文化的小读者来说，要将这个概念解释清楚，会打断他们阅读的思路，译者将其译为"文艺宣传队"，传达了其基本含义。

例100：

虽然众人都清楚杜小康家是油麻地的首富，但杜小康家的成分却并不太糟糕。（《草房子》，1997：136）

People all knew the Dus were the richest family in Youmadi, but the family's class status wasn't too complicated.（*The Straw House*: 2006:129）

"成分"也是极具中国文化特色的一个专有名词，是指中国五六十年代对农村阶级成分的一种划分方法（地主、富农、中农、贫农、工人），这个概念也不易为英语国家小读者理解，译者将其译为"class status"，前后文不太连贯，读者难以理解前后文之间的转折关系。

例101：

一个放鸭爷爷撑着小船路过这里，发现了桂花树下的情景。（《火桂花》，2015：50）

Eventually, an old man came by on a boat.（*The Cassia Tree*, 2016: 115）

原文中的"放鸭爷爷"指中国乡村的以养鸭为生的老年男子，这样的文化意象在英语文化中空缺，所以译者直接将其译为"an old man"。

3）俗语的翻译

A. 省略

例102：

七七四十九天过去了，秃鹤的头上依然毫无动静。（《草房子》，1997：5）

After forty-nine days, nothing happened to Bald Crane's head.（*The Straw House*: 2006:10）

"七七四十九"是中文乘法口诀中的一句，因此成为一句人尽皆知的俗语，英文中不存在这样的乘法口诀，因此译者将其略去，直接翻译成"after forty-nine days"。

B. 直译

例103：

这是太阳从西边出来了。（《草房子》，1997：36）

Is the sun coming up from the west?（*The Straw House*: 2006:38）

因为全世界人民都有相同的生活体验，所以"太阳从西边出来"被直译为"coming up from the west"依然能被目标语小读者顺利地理解。

C. 意译

例104：

他三下两下就将蚊帐扯了下来，然后找来一把剪子，三下五除二地将蚊帐改制成了一张网。（《草房子》，1997：7）

He tore the net off quickly, found a pair of scissors, and neatly and quickly made the mosquito net into a fishing net.（*The Straw House*: 2006:12）

例105：

说得牛头不对马嘴时，众人就爆笑。（《草房子》，1997：25）

When the lines were completely off, people would burst into laughter.（*The Straw House*: 2006:29）

"三下五除二"指动作迅速、利落，"牛头不对马嘴"指互相矛盾，译者均用了意译的方法处理，传达了两个俗语的基本含义。

例 106：

因为周家的二丫是个脑子有毛病的姑娘，一个"二百五"。（《草房子》，1997：75）

The crowd all laughed. Erya from the Zhou's was a sick girl. She was <u>retarded</u>.（*The Straw House*, 2006:72）

原文中的俗语"二百五"，表示"脑子愚钝"，关于这个俗语的由来，中文中有好几个历史小故事。译者用"retarded"这个词意译，但因为是书面语，与人物身份不符合。

D．替代

例 107：

"你是属算盘的呀？不拨不动！你倒接着吹呀！"（《甜橙树》，2012：167）

Are you a log?（*Sweet Orange Tree*, 2012: 80）

"属算盘"表示"做事时，别人叫你做一下，你就动一下，从来不主动去做"。译者用英文中的"log"表示相同的含义，达到同样的效果。

例 108：

青铜还是不放心，伸出手去与葵花拉了拉钩。奶奶说："拉钩上吊，一万年不变。"葵花转过头来，朝奶奶一笑："拉钩上吊，一万年不变。"爸爸妈妈一起说："拉钩上吊，一万年不变。"（《青铜葵花》，2005: 71）

Bronze wanted to be completely sure that everyone agreed. He put out his hand and curled his little finger round Sunflower's little finger. "Cross my heart," said Nainai. Sunflower turned and smiled at Nainai. "Cross my heart," said Baba and Mama.（*Bronze and Sunflower*, 2015: 105）

"拉钩上吊，一万年不变"是中文中一句俗语，常用于发誓，译者用了目标语文化中的"cross my heart"，更加便于目标语读者理解。

4）方言

例 109：

这个舞台上站着的，就是他的三十个<u>刮刮叫</u>的女孩儿。（《草房子》，1997：165）

There was a stage in Jiang Yilun's mind, with his thirty great girls standing on it.（*The Straw House*, 2006: 156）

例 110：

不知是哪个促狭鬼，向池塘里投掷了一块土疙瘩。（《草房子》，1997：71）

A mischievous kid threw a clump of dirt into the pond.（*The Straw House*, 2006: 69）

"刮刮叫"和"促狭鬼"都是江苏一带的方言，译者将其译为"great"和"mischievous kid"传达了基本含义。

5）粗话

曹文轩作品的背景是在中国的农村，涉及的人物身份多样，因此粗话在其中也多处出现。对这一语言现象的处理，译者采取了两种策略。

A. 净化

例 111：

"不！老子今天一定要走过这座桥！"（《草房子》，1997：92）

"No, I'll walk across the bridge no matter what."（*The Straw House*, 2006: 88）

例 112：

"你在耍老子呢！"（《草房子》，1997：163）

"Are you making fun of me?"（*The Straw House*, 2006: 154）

例 113：

"有种的就打我一拳！"（《草房子》，1997：184）

"Do you want to fight?"（*The Straw House*, 2006: 174）

例 114：

青铜的妈妈在青铜的后脑勺上打了一下："就你嘴馋！"又拉了葵花一把，"都死到屋里去！"（《草房子》，1997：187）

"Let's go inside."（*The Straw House*, 2006: 280）

以上三例中说话人分别为白三、朱一世、细马，说话粗野的语气符合人物身份和性格，译者将其净化处理，删除了粗话，用了中性词代替，不利于塑造人物形象。例 114 中青铜被指责偷了嘎鱼家的鱼，嘎鱼爸爸和青铜爸爸正在打架，因此青铜妈妈的这句"都死到屋里去"的情绪应该是非常强烈的，译文中的"Let's go inside"语气不足。

例 115：

外婆拿着新鞋，在给婉灵穿上时，说："死丫头，往椅子上一坐，啥也不动手，瞧你这样子，像做新娘似的。"（《火桂花》，2015：63）

Grace's grandmother helped her with the shoes. Grace sat on the chair, and her grandmother slipped the shoes on to her feet. "Look at you, sitting on your chair, not lifting a finger, like a new bride about to be married."（ *The Cassia Tree*, 2016: 128 ）

例 116：

妈妈就笑："这死丫头，梦里还跟人答话呢。"（《青铜葵花》，2005: 120 ）

"Look at her, answering questions in her sleep!" Mama would say.（ *Bronze and Sunflolower*, 2015: 178 ）

例 5 和例 6 中的两个"死丫头"表面上看是骂人的粗话，但实则是长辈对晚辈的嗔怪，带着疼爱，因此译者净化处理为"look at you""look at her"是合理的。

B．替代

例 117：

"畜生，活活冻死你！"（《草房子》，1997：98）

"Damn you, freeze in the cold!"（ *The Straw House*, 2006: 94 ）

上例中这句话是白三对他的牛所说，符合人物身份和场景，因此用译文中类似的表达"Damn you"代替，实现了功能上的对等。

6）小结

对于中国文化异质成分的处理，本研究涉及的几个译本异化和归化的策略都有使用到，以归化为主，译者与译者之间并未显现大的差异，考虑到儿童读者对异质性容忍度更低，有些地方的处理还可以再斟酌一些，如"风水""新四军"现有的译法都会对译文儿童读者的理解带来较大的障碍。

5.2.2.5 图画书副文本的处理

图画书由图画和文字两部分有机组合而成，读者除了阅读正文部分之外对副文本部分也会特别关注，因此在接下来的部分我们集中分析《羽毛》《烟》《天空的呼唤》3本书译本中副文本的处理。副文本是指封面、标题、序言、前言、注释、后记等在文本中连接读者和正文并起协调作用的中介性文本材料。

1）《羽毛》

A. 封面

中文版本封面的文字部分共有三则信息：文字作者、插画作者和出版社，英文封面上同样共有三则信息：文字作者、插画作者和译者。

中文版封面在插画作者前标注其国籍"巴西"，显示了中国文化场域中对外来文化的兼收并蓄。与之形成鲜明对比的是，英文版封面上将插画家的国籍"巴西"略去，这也正显示了美国文化场域中外来文化的边缘地位。

中文版封面标注了出版社"中国少年儿童出版社"。中国少年儿童出版社是中国的一家老牌出版社，也是全国唯一的国家级专业少年儿童读物出版社，拥有丰富的象征资本。将其标注在出版社封面，有助于促进销售，获得经济资本。

英文版的出版社是 Achipelago Books 所属的 Elsewhere Editions。根据其官网介绍，Achipelago Books 成立至今12年以来，共出版了译自30种语言的160本译作。Elsewhere Editions 则是其旗下专门出版童书的分支，2017年出版了5部儿童译作。从其历史和出版规模来看，占有的象征资本比较有限。英文版的译者 Chloe Garcia Roberts 曾经翻译过李商隐的两部诗歌集，又是《哈佛文学评论》的编辑，占有比较多的象征资本。两者相比，译者占有的资本更多，将出版社的名称替换为译者的名称从销售推广效果上来说更好。

B. 前言

前言部分，译本基本忠实于原文，仅有以下两点细微的变化：

☆译文中将曹文轩自序部分的汉字签名保留，另外加上汉语拼音签名，可见对原作者和源语文化的尊重。

☆原文中插画家罗杰·米罗的自序部分，引用了巴西音乐大师的一句歌词（中文版）。在译文中，译者给出了西班牙语和英文两种译文，这是考虑到美国读者的特殊性（有相当一部分人是拉美裔，同时西班牙语也是很多人的第二外语），是读者意识的体现。

C. 后记

中英文版本的后记部分都有对文字作者、插画家（和译者）的介绍。

中文版	英文版
曹文轩：北京大学中文系教授、博士生导师，同时担任中国作协全国委员会委员、北京市作协副主席。代表性长篇小说有《草房子》《青铜葵花》《丁丁当当》《红瓦》《天瓢》等；多部作品被翻译成英、法、德、日、韩等文字出版，曾获国际安徒生奖提名奖、国家图书奖、全国优秀儿童文学奖、金鸡奖最佳编剧奖、德黑兰国际电影节"金蝴蝶"奖等40多种奖项。	Cao Wenxuan is one of China's most prolific and popular authors, publishing over 100 works, including novels, short stories, and picture books. He is a professor of literature at Peking University as well as the Vice-President of the Beijing Writer's Association. Cao has received the Hans Christian Anderson Award, the Chinese National Book Award, and the Golden Butterfly Award of the Tehran International Film Festival.
罗杰·米罗：巴西插画家、作家、剧作家，曾为100多本书创作插图，并亲自为其中20本撰写文字。2010年、2012年连续两次荣获国家安徒生奖插画奖提名奖，9次荣获巴西最重要的文学奖雅布提奖，多次被巴西国家少年儿童图书基金会（FNLIJ）认为是"具有杰出贡献的人"。	Roger Mello has illustrated over 100 titles - 22 of which he also wrote. Mello has won numerous awards for writing and illustrating, including three of IBBY's Luis Jardim Awards, the Best Children's Book International Award, and the Han Christian Anderson Award. He is the author and illustrator of You Can't Be Too Careful, translated by Daniel Hahn.
——	Chloe Garcia Roberts is the translator of Li Shanyin's Derangements of My Contemporaries: Miscellaneous Notes, which was awarded a PEN/Heim Translation Fund Grant, and the author of a book of poetry, The Reveal. She lives in Boston and is the managing editor for the Harvard Review.

作者、插画家在英文版本中均有较大的改动，删去了一些英文读者不大熟悉的细节，如代表作，更新了一些细节，如英文版本出版时作者和插画家

均已经获得安徒生奖，因此将原来版本中提到的"获得提名"更新为"获奖"。这些均是重要的象征资本，有助于提高英文译作的销量，获得更多的经济资本。除此之外，在英文版中增加了译者的相关细节，突出了其获得奖项和代表性译作，象征资本的突出介绍也有利于译作获得更多的经济资本。

2)《烟》

A. 封面

中文版本封面的文字部分共有三则信息：文字作者、插画作者和出版社。

英文封面上的信息有：文字作者、插画作者、译者、出版社和文字作者所获奖项。其中，左下角添加的曹文轩所获奖项"安徒生文学奖"是在英文版穿同年获得，及时补充这一信息，是充分利用了这一奖项带来的象征资本，以促进销量，积累经济资本。

文字作者和插画作者简介

曹文轩：国际安徒生奖提名奖作家、北京大学教授、博士生导师、中国作家协会委员会委员、中国最具影响力的儿童文学作家之一，著有50多部作品，获奖40余种，诸多作品被翻译为英、德、法、俄、瑞典、西班牙、日、韩等文字。近年来，他开始为中国孩子进行图画书的创作，著有《羽毛》《痴鸡》《菊花娃娃》《一条大鱼向东流》《最后一只豹子》《第八号街灯》等作品，他的文字诗意唯美，始终具有美学和哲学高度，在中国原创图画书领域影响深远，他的图画书版权输出到法国、日本、瑞典、韩国、巴西等国家，两度获中国新闻出版总署输出出版优秀图书奖。2013年《菊花娃娃》等6册图画书获中国出版政府奖、《羽毛》被评为"年度最佳图书"，《天空的呼唤》入选"大众喜爱的50种图书"。	Cao Wenxuan won the prestigious Hans Christian Anderson Award for Writing in 2016. He is a professor at Peking University and a member of the Chinese Writers Association's national committee. He has penned over fifty titles and is one of China's most influential and original children's authors. His numerous other awards include the Chinese Government Award for Publishing （2013）, and two Outstanding Book Awards from China's General Administration of Press and Publication. Cao Wenxuan writes with a deep sense of the poetic and philosophical. His picture book *Feather* was voted Children's Book of the Year and Call of the Sky was one of China's 50 Best-loved Books. His stories have been translated into many languages.

郁蓉，英籍华人，英国皇家艺术学原硕士，她所创作的图画书已在英国、美国、意大利、荷兰、日本、韩国等地出版，近年来，她开始与国内的出版社合作，创作的第一本图画书《云朵一样的八哥》，荣获了第24届布拉迪斯拉发国际插画双年展（BIB）金苹果奖，2013中国上海书展"金风车"最佳童书奖"国际原创图书奖"评委会大奖及读者大奖，并入选2013年度"中国最美的书"。郁蓉现在与先生毛驴和三个孩子毛虫、辣椒、扁豆以及他们的德国猎犬嗅嗅探长定居在英国剑桥的乡村。	<u>Yu Rong is a British Chinese artist and graduate of the Royal College of Art. Her illustrations for *The Cloud like Myna* won a Golden Apple award at the 24th Biennial of Illustration Bratislava, and a Golden Pinwheel at the 2013 Shanghai International Book Fair.</u> She has received several awards for her work on Smoke including the best picture book award at the Chen Bochui International Children's Literature Award in 2015; the illustration award at the Sebria International Book Fair in 2016; and in 2017, she won the Nami Island International Picture Book Illustration Concours. The picture book Summer has been included in The White Ravens database of the best International Children's and Youth Literature for 2016. <u>Yu Rong lives in rural Cambridgeshire with her husband, Donkey, her three children, Caterpillar, Chili Pepper and Bean, and their German pointer, Captain Sniff.</u>

与《羽毛》英译本类似，在《烟》英译本中，作者、插画家的介绍均有较大的改动，删去了一些英文读者不大熟悉的细节，如代表作和版权输出情况等，更新了一些细节，如英文版本出版时图画作者已经获得了几个重要奖项。这些均是重要的象征资本，有助于提高英文译作的销量，获得更多的经济资本。副文本部分，作了较大的调整，更好地利用了译本可能具有的象征资本，更好地积累经济资本。

3）《天空的呼唤》

中文封面有如下信息：文字作者、图画作者、所属书系、出版社；英文封面上只保留了文字作者和图画作者的姓名。Cardinal Media Llc 这家公司是一家媒体公司，主业并不是图书出版，在图书出版行业的社会资本和象征资本均较低，将其标注在封面上无法帮助译本获得更多的经济资本，也许反而会起到反作用。

不同于前两本图画书的是，《天空的呼唤》译者在书的封面、版权页以及网站上均找不到译者信息。可见其社会地位和象征地位并不是很高，再加上出版社本身也是名不见经传，不占有较高的社会地位和象征地位，英译本差强人意，也是意料之中了。

4）小结

对出版社来说，目的是凭借手中的翻译产品（即译本）积累经济资本、社会资本和象征资本，因此，翻译产品除了正文部分有好的译文之外，副文本的处理也是非常关键的，在这方面，《羽毛》和《烟》的翻译策略是合理的，各处的细节都凸显了其占有的资本、译者占有的资本，等等，有助于其接受效果的提高。

5.3 翻译策略背后的译者惯习

从这些英译本所采取的翻译策略可见，译者之间既体现出一定的共性，又体现出一定的差异性，这也与社会翻译学领域的"场域惯习"和"个人惯习"这组概念相呼应。不管是场域惯习，还是个人惯习，都是场域内外的各因素共同作用于译者身上而产生的结果。

文学性和童趣性方面，所有的英译本几乎无一例外地忽视了原文中文学性和童趣性的保留。一方面，儿童文学本质上也是文学，中国文学传递到海外，要向海外儿童展现的不仅仅是中国故事，还有中国文学的独特美感。儿童文学的功能不仅仅在于娱乐，还在于审美能力的培养。另一方面，儿童文学和成人文学最大的区别在于读者对象不同，文学作品如果不富有童趣，就无法吸引儿童读者。参与曹文轩儿童文学中译英的译者们，都缺乏丰富的儿童文学翻译经验，因此在这方面还有所欠缺。另外，西方译者对中国文学作品文学性的忽视也是原因之一。许钧教授指出，西方主流社会对中国现当代文学的接受中，作品的非文学价值受重视的程度要大于其文学价值（许钧，2010: 8）。语言障碍、对中国文学文学性长期的忽视、儿童文学翻译经验的欠缺，导致了译者的这一集体惯习。

在这其中表现略胜一筹的当属《青铜葵花》的英译者 Helen Wang 和《羽毛》的英译者 Roger Mello。Helen Wang 本身是两个孩子的母亲，且有儿童文学翻译的丰富经验，在翻译《青铜葵花》之前曾经翻译过张辛欣的《拍花子和俏女孩》和沈石溪的《红豺狼》等。《羽毛》的译者 Roger Mello 在接受 Helen Wang 采访时也提到，他有一个 6 岁的女儿和一个 2 岁的儿子，他在翻译《羽毛》时总要将译文读给他们听，而且他长期翻译中国诗歌，曾出版过两部李商隐诗集。因此，他们独特的生活经历也带来了个人惯习上的与众不同，在处理童趣性方面要更胜一筹。

准确性方面，《青铜葵花》体现出来的频繁的合并段落的策略，在葛浩文翻译《红高粱》《生死疲劳》时都曾采用过，是权力场不均衡辐射到文化场，从而带来的译者在将强势文化翻译成弱势文化时的一种集体惯习。此外，对《青铜葵花》和"曹文轩中英双语小说集"中性别差异部分的删除是 Helen Wang 体现出的一种个人惯习，有可能与她的女性身份和母亲身份有关。另外，作品中的误译较多，这与她的文化资本有关，具体体现在她对两种语言的掌握和驾驭。

《天空的呼唤》书中翻译的自由度也很大，本身就不多的文字被大量简化，这是译者的个人惯习所致，鉴于找不到任何和译者有关的个人信息，我们可以推测这位译者本身占有的各项资本均比较有限，因此在翻译时，更多地屈服于在中译英时较为自由的"翻译规范"。

文化异质性方面，中国文学走出去是中国文化走出去的重要阵地，儿童文学是其中重要的组成部分。从几部作品的处理来看，中国文化因素的传递相对较少，很多的文化概念中被"归化"或者只是机械地音译或者直译了过去，如"风水"音译为"fengshui"，"新四军"直译为"New Four Amy"，不要说做不到传播中国文化，就连让儿童读者理解都成问题。与成人读者相比，儿童读者对异质文化的容忍度更低，我们的"文化走出去"不可太急躁，与其说用"fengshui"这样的译文来传达中国文化，倒不如把脚步放得慢一些。几位译者在翻译方面并未表现出大的差异性，是西方中心主义带来的集体惯习所致。实际上，这样异质性的保留问题，不仅仅反映在儿童文学上，成人文学一样如此。

5.4　小结

　　本章我们考察了曹文轩作品中究竟哪些作品被选择译介到英语国家，以及译文最终是以什么的姿态呈现在英语世界国家读者面前。

　　经过研究发现，被选择输出的这些作品都是曹文轩获得较高知名度，被专业读者和大众读者认可的作品，是兼具世界文化普适性和中国文化异质性的作品，是我们想传播出去的中国文学作品。而最终呈现在英语世界读者面前的作品与原文已经有了较大的差异，过程中文学性、童趣性被过滤，部分文化异质性也没有被传达。译者由于不同的个人惯习，再加上场域中资本的影响，最终采取了相同或不同的翻译策略,生产出了不同质量的翻译物质产品。

第六章　曹文轩儿童文学英译本的接受

一部文学作品的海外出版发行过程，包含国内出版——国内发行——读者阅读（国内文学界评论）——签订版权输出合同——译者翻译——国外出版——国外发行——读者阅读（国外文学界评论）这样几个环节。

产品的物质生产完成后，不代表整个发行过程的结束，只有当产品得以到达读者手中并被其阅读后，产品的生产才有效果和价值。翻译生产的文本到达不了目标受众就达不到进一步积累文化资本、经济资本和象征资本的目的，就中国"文化走出去"而言，就没有真正"走出去"且"走进去"，"译介效果是衡量翻译行为成功与否的重要标准（鲍晓英，2015）。

这样的情况，在中国文化走出去的"国家翻译实践"中并不缺实例。《中国文学》无奈停刊，《大中华文库》的版权输出受到冷遇，即使是美国商业出版社出版的中国文学作品在书店也并不热销，实体书店里中国文学没有专柜或者只有很小的一个架子。作家王安忆曾提到她去国外旅行的时候在书店里很少看到中国文学作品。这些都向我们证明，中国文学在海外的译介效果并不那么乐观。

以上事实表明，中国文化只是"走近"了海外读者，未能真正"走进"广大普通读者，未获得应有的传播效果，这使我们认识到中国文化对外传播正面临国内人力、物力、财力的高投入，国外传播、接受、认同的低效果这种窘境。目前中国文学"走出"止步于直接将海外版权卖给国外出版商，一纸协议签过之后就万事大吉，对海外读者的需求关注度远远不够"（赵芃，2012）。在国家大力通过翻译中国作品促进我国文化传播的今天，只有达到译介效果才能真正走出国门，才能有助于中国文化"走出去"，世界才能慢慢了解中国，才能逐步消除西方国家对中国的误解，改变他们对中国的看法（鲍晓英，2016）。

曹文轩是中国儿童文学作家中走出去的最成功的一位。在我们为其作品输出多少版权欢呼的背后，冷静下来考察其作品在英语国家的接受情况就显得尤为重要了。

我们对曹文轩英译本从获奖、图书馆馆藏、书店销量、普通读者评价、媒体关注等角度进行考察，以此得出译作接受的整体结果，并尝试分析译作选材、译者翻译策略、物质生产的其他行动者等和译作的被接受情况之间的互动关系。

6.1　获奖情况

获奖是曹文轩作品英译生产效果的最直接体现。

《青铜葵花》英译本出版后，获得了英国"笔会奖"。英国"笔会奖"又称"品特奖"，是英国笔会于 2009 年 7 月推出的一项新的文学奖，以已故大剧作家、诺贝尔文学奖得主哈罗德·品特的名字命名。

《青铜葵花》英译本还获得了麦石儿童文学翻译作品奖（Marsh Award for Children's Literature in Translation），这是中国作家的作品首次获此荣誉。

《青铜葵花》英译本还入选了美国科克斯奖短名单（美国版）。《科克斯评论》（*Kirkus Reviews*）是由维吉尼亚·科克斯在 1933 年创办的美国图书评论杂志，至今已有 84 年的历史。2014 年，《科克斯评论》创办了科克斯奖，每年颁奖一次，授予创作虚构和非虚构类作品的儿童文学作家。

2016 年，曹文轩获得国际安徒生儿童文学奖，这在很大程度上也是《青铜葵花》英译本接受效果的体现。其译者 Helen Wang（汪海岚）也凭借这部译作获得 2017 年度陈伯吹儿童文学特殊贡献奖。成功的译本帮助译者进一步积累了社会资本和象征资本，也带动了更多语种版权的输出。

6.2 图书馆馆藏量

图书馆馆藏被认为是衡量图书的文化影响、思想价值、检验出版机构知识生产能力、知名度等要素最好的标尺（何明星，2012：12）。采用曹文轩英译本的全球图书馆收藏数据来衡量其世界影响力和译介效果是一个有说服力的评估标准。

联机图书馆中心（Online Computer Library Center）提供全球图书馆收藏数据。这一机构覆盖范围和影响较大。截至2013年底，联机计算机图书馆中心在全世界的100多个国家中，拥有超过53500个图书馆使用OCLC的服务（鲍晓英，2016：154）。

本文借助OCLC的Worldcat数据库。Worldcat是世界范围图书馆和其他资料的联合编目库，同时也是世界最大的联机书目数据库，目前可以搜索112个国家的图书馆，包括近9000家图书馆的书目数据（杨九龙，左阳，2012：13）。数据库对曹文轩儿童文学作品进行了英文版本的海外馆藏图书馆数目的统计分析，有如下发现：

他的作品中，海外图书馆收藏数量最多的是英文版的《青铜葵花》。截至2019年2月14日，沃克图书出版的英版在世界各地有馆藏的图书馆是86家，其中，新加坡1家，中国台湾地区1家，中国1家，新西兰18家，其余都在澳大利亚。美版在世界各地的馆藏达910家，其中，新加坡1家，中国台湾地区1家，加拿大16家，澳大利亚2家，其余都在美国。从馆藏量来说，数量还是很可观的，也覆盖到了世界上的主要英语国家。

另外一本值得关注的是《草房子》的英译本，其中长河出版社2006年的版本共有17家图书馆收藏，其中德国1家，荷兰1家，新加坡1家，其余均收录于美国的图书馆。而Better Link Press出版社的汉英对照版本（节译本，只包含两章内容）却被69家图书馆收录，其中澳大利亚2家，加拿大1家，英国1家，其余均收录于美国的图书馆，多数为大学图书馆，这与英汉对照本更适合用来作为语言学习的材料有关。

图画书当中《羽毛》被世界多地图书馆收录，共有 513 家，仅次于《青铜葵花》的美版，其中澳大利亚 1 家，加拿大 6 家，英国 2 家，新西兰 7 家，其余均收录于美国各家图书馆。

其他几本小说和图画书的英文版，在 Worldcat 数据库里均显示未被收录。

6.3　书店销量

译作产品被接受的另一个重要衡量标准是图书的销售情况。

在以上图书中，《青铜葵花》的销量是最高的，根据沃克公司的统计数据，截至 2015 年 10 月底，销量达到了 1600 多册。在知名的图书在线销售网站亚马逊输入"曹文轩"的汉语拼音，显示仅有 4 个外文版本在售，一是《青铜葵花》英译本，二是《草房子》英译本，三是图画书《羽毛》的英译本，四是图画书《天空的呼唤》的英译本。其他英译本均不见在售。在号称最全球化的购书网站位于英国的 bookdepository.com 重复同一搜索，处于在售状态的英译本有《青铜葵花》《羽毛》和《天空的呼唤》，而《草房子》已经处于无库存状态。书店是普通读者获得英译本的主要渠道之一，如果通过这条途径都无法获得，那么就更加谈不上接受了。

以上几本书在亚马逊网销售的排行情况如下：

书名	出版时间	销售排行
The Straw house	2006 年 10 月	579,569
Bronze and Sunflower	2014 年 3 月	425,853
Feather	2017 年 10 月	309,235
The Call of the Sky	2018 年 8 月	5,206,741

（检索日期：2019 年 2 月 20 日）

为了获得清晰的对比，我们查阅了诺贝尔奖的获得者莫言销量最高的英译本《红高粱》在亚马逊销售的情况。《红高粱》出版于 1994 年 4 月，累计销量排行为 342,503 名。再对照《青铜葵花》的英译本，出版时间要晚了 20 年，但销售的排名差距并不是那么大，而出版于 2017 年的图画书《羽毛》的英译本市场表现则更加强势，出版一年多，销售排名就超过了《红高粱》的英译本。《天空的呼唤》比《羽毛》仅仅晚出版 10 个月，销售表现则要差很多，具体原因下文将作分析。

6.4　普通读者的评价

作品最终的接受效果，不仅看专业读者，更重要的是要看普通读者的反应。在儿童文学走出去的过程中，只关注学术界的读者群是走不远的。"普通受众是文学译介主要目标受众，为其接受并产生影响，才真正达到了译介效果。"（鲍晓英，2015：16）因此，在分析物质产品的接受效果时，既要看到学术界的评论，又要关注广大的儿童和其家长。

本研究参考了全球最大的书评网站 Goodreads 网站，以及亚马逊网站，对海外读者对这几部英译本的评价进行了收集整理。具体如下：

亚马逊网站

书名	评分	书评数
The Straw house	4 星	1
Bronze and Sunflower	5 星	12
Feather	4 星	1
The Call of the Sky	无评分	0

Goodreads 网站

书名	平均评分 / 评分数量	书评数
The Straw house	4.31/26	2
Bronze and Sunflower	4.08/357	109
Feather	3.28/135	51

Goodreads 网站的数据显示，*Bronze and Sunflower* 和 *Feather* 两部作品受到的关注最多。出版最早和最晚的 *The Straw House* 和 *The Call of the Sky* 受到

的关注较少，这与其在亚马逊官网的销售排名也相符合。

从评论的内容来看，《草房子》英译本的评论没有与作品本身内容相关的内容，再加上本身评论数量就很少，这也证明了《草房子》在英语世界接受情况不佳。

在 Goodreads 网站对《青铜葵花》的评论中（因为亚马逊网站的书评基本在 Goodreads 网站中都有重复，因此亚马逊的评论不另行分析），除去对故事情节、人物形象的介绍外，还有以下内容值得我们关注：

1）历史背景

《青铜葵花》的故事背景是在中国的文革时期，对于英语世界绝大多数读者来说，那是一段完全陌生的历史。有的读者认为它是 "a helpful read to come to understand the Chinese society and culture"（有助于理解中国社会和文化），表示 "I wish there were more books this good about other cultures"（希望能读到更多的这样的关于异域文化的作品），也有不少读者表示作者文中对历史背景的处理给他们的理解带来了困难，如 "I had some vague idea of what that was about but not enough to fully understand the history behind the story"（我能模糊地理解它是关于什么的，但是又无法完全理解故事背后的历史）。英语世界读者对中国文化的兴趣再次印证了权力场对文化场的影响。

2）关于翻译

从评论来说，总体上读者对译者 Helen Wang 的译文是持肯定态度的，认为她付出了很多的努力。"But if I had to guess, I's say that Wang took great pains to replicate the poetry of Wenxuan's language"（我猜汪女士花了大功夫重现文轩语言里的诗意），称赞其译文 "beautiful"（美好）"lyrical"（抒情的），认为这部作品的美感很大程度上来自于译者的功劳 "some praise for the writing must be given to Helen Wang as well"。

3）对作品的直接正面评价

很多读者表示希望能读到更多这样的作品，希望能读到更多的曹文轩作品的英译本，"I can only hope that more of his books will be translated to English so that we, readers of English, can delight in them"（我只能希望更多的他的书被翻译成英语，这样我们英语的读者就能获得更多乐趣），"I hope there are sequels to this book, and I wish that more of Wenxuan's works were translated for us to enjoy"（我希望这本书能有续集，我希望曹文轩更多的作品能被翻译成英文），反映自己的孩子喜欢读这部作品"Never has a story caused my kids to become so invested in the characters, wondering what would happen next"（从来没有哪个故事能让我的孩子如此沉迷于书中的人物角色和情节）。

4）对作品的负面评价

除了数量占大多数的正面评价之外，也有负面评价的声音，如认为故事情节中有不适合孩子的部分"Parents be aware that there's a great deal of child abuse in this novel. Parents think nothing of hitting, kicking, and slapping their children as punishment. I found this horrifying and I don't see children liking this story much"（父母们要意识到这部小说里有很多虐待儿童的情节。父母认为打孩子、踢孩子没什么大不了的。我觉得这很恐怖，我不认为孩子们会喜欢这个故事），有读者认为文化差异导致了理解困难，"I think a lot of my confusion comes either from translation ambiguousness or cultural differences. Since I know nothing about the Chinese cultural revolution–or indeed about anything in Chinese history, culture, or politics–I have the overwhelming feeling that all sorts of important themes and references are passing right over my head throughout the story"（我认为我的很多困惑要么来自翻译的模糊性，要么来自文化差异。由于我对中国的文化大革命一无所知，或者对中国历史、文化、政治一无所知，我有一种强烈的感觉，所有重要的主题和资料都仅从我的脑海中一掠而过），也有直接反馈了身边小读者的意见"I don't see my nieces enjoying it"（我的侄女不喜欢这部作品）。

对《羽毛》的评价也是正面和负面都有，与《青铜葵花》不同的是，从数量上来看，负面评价的比例要比《青铜葵花》多一些。负面评价多是反映主题过于深奥或者情节过于血腥不适合孩子阅读或者无法引起小读者的兴趣，如"There are some picture books that just wouldn't appeal to children. This is probably one of them"（有些图画书不吸引孩子，这本书也许就是其中的一部），"It's pretty brutal for what's supposed to be a picture book"（对图画书来说，这本书过于残忍），"I was disappointed. Perhaps something is lost in translation from the original language"（我很失望，也许在翻译时丢失了些什么）。当然，正面评价也是有的，如"I became enchanted with this book"（我被这本书迷住了），"This book is well-worth the praise"（这本书值得上对它的称赞）等。

6.5　媒体书评

媒体提及率也是衡量译介效果的一个重要参考。

New York Times（《纽约时报》）三次发表文章对曹文轩以及其作品进行报道，对曹文轩的创作风格和《青铜葵花》的主要内容进行了深度分析，图画书《羽毛》也得到了推介。颇耐人寻味的是，3 篇文章中都浓墨重彩地提到了中国的文化大革命，这样的对异域特色的介绍勾起了读者的好奇心，有利于英译本销量的增长。

Book list（《书单》分别于 2017 年 2 月和 8 月对《青铜葵花》进行了推介，介绍了故事的背景、主要情节，尤其强调可以借此了解中国历史。

Publisher Weekly（《出版社周刊》）在 2016 年 12 月推介了《青铜葵花》，并且在 2017 年的年度星级书评里再次刊登了这篇书评，介绍了故事背景和主要故事情节，并且在首句就点出其作者为安徒生奖获得者曹文轩。此外，在 2017 年两次推介了新出版的图画书《羽毛》。

School Library Journal（《学校图书馆杂志》）在 2007 年 2 月和 7 月两次推介了《青铜葵花》，介绍了故事的背景、主要情节以及艺术特色，在 2017 年 10 月《羽毛》英译本面世后紧接着也进行了推介。

以上 4 家媒体都是美国文学场的主流书评杂志，对文学作品的传播与接受有着强大的影响力，曹文轩作品出版后能在这些杂志上刊登书评，本身就是翻译产品接受效果的体现，同时这些措施又促进了曹文轩儿童文学英译作品接受的进一步扩大。

6.6　接受情况小结与原因分析

从物质生产结果看，曹文轩有 11 部作品被译成了英文，然而，在我们从获奖、图书馆馆藏、图书销售量、普通读者述评、媒体提及率等多角度考察后，发现真正意义上"走出去"的只有《青铜葵花》《羽毛》，部分作品在主流的销售渠道和公共图书馆都无法获得。

看似繁荣的实物输出、版权输出的背后，却是这样的接受状况。究其原因，我们需要回到物质生产过程本身，探求这社会化生产过程中究竟有哪些行动者在参与以及他们各自都做了什么，这是社会翻译学路径的实用性所在。

选择的 11 部中文原作虽然都出自曹文轩之手，但是它们的资本占有情况不一，负责物质文化生产的出版社、译者占有的资本也很悬殊，不光影响到翻译本身，对翻译产品的流通和发行也产生影响，从而影响到其接受。翻译质量也对最终的接受状况产生了或多或少的影响。译者之间展现出相似或相异的翻译惯习，对翻译文本的接受产生了正面或负面的影响，如 Helen Wang 对一些情节的删除，加快了情节的推进，有利于保持儿童读者的阅读兴趣，如译者集体对童谣、拟声词等语言现象的处理使得文本失去童趣。翻译是平衡的艺术，对儿童文学作品翻译来说更加如此，保留了文学性，可能就牺牲了可读性，忠实地传达了文化性，可能就牺牲了童趣性。翻译产品最终的接受，是一个多方力量努力、多个角度平衡的结果。

第七章　结论

本论文将曹文轩儿童文学英译看作一个整体翻译行为，放到社会大背景中讨论。宏观层面，探讨了与这一翻译行为有关的世界权力场、世界儿童文学场，据此分析曹文轩儿童文学英译场域的位置及其原因。中观层面，剖析了参与这一翻译生产互动的行动者，如作家、译者、出版社等各自拥有的资本以及他们参与生产所采取的行动，并分析了这些英译本的接受状况，从书店销量、图书馆馆藏量、读者书评、媒体书评等角度进行了量化和质化的分析。微观层面，分析了原文的选材和译文的质量，并从中归纳出译者的翻译策略和翻译惯习。此外，分析了这些作品的目前接受状况的原因，并对中国儿童文学怎样更好地走出去提出了建议。

7.1　研究发现

通过研究，对绪论部分提出的四个问题回答如下，第五个问题将单独在7.2部分回答。

第一，曹文轩儿童文学作品外译，受到世界政治权力场和世界儿童文学场的影响，一方面自身有需求走出国门进行异域传播，另一方面异域对其有了解的需求，内外需求呼应，因此整体来说，曹文轩儿童文学外译实践表现出越来越繁荣的趋势。从译入国家分布来看，呈现多样化的趋势，输出到英语国家的作品的数量，并不占主要地位，输出仍然以"同质文化圈"内的国家如韩国为主，近些年来，"一带一路"沿线国家对译入曹文轩儿童文学作品也兴趣高涨，版权输出成果喜人。地理位置分布上的这一规律恰恰是权力场在文化场的映射。

第二，在曹文轩儿童文学英译本生产过程中，曹文轩本身、中国政府、出版社、译者、版权代理人等各方行动者都带着不同的资本积极参与。与中国成人文学相比，承担曹文轩儿童文学英译生产的出版社和译者的资本整体偏弱，有些作品的出版方甚至都不是以出版为其主要经营业务，这为作品的接受带来了隐患。

第三，呈现在英语读者面前的曹文轩儿童文学作品已经不是原来的面貌，中国故事的内核还在，但作品的文学性、儿童性、文化性均不同程度地有所损耗，故事的一些相对次要和比较敏感的情节也被译者删除，译文读者读到的是在英语世界里重生的作品。翻译实践展现了译者惯习、资本和场域的影响，如中国儿童文学乃至中国文学在世界文化场域中依然相对边缘的位置决定了译者们在翻译时仍然采取归化为主的策略，再如译者不同的生活经历，如《青铜葵花》和《羽毛》的英译者多年给孩子亲子阅读的经历影响到他们的翻译惯习，使得他们在翻译时对儿童文学的韵律感更为敏感，处理得更好。

第四，在曹文轩英译作品中，译介效果的差异较大，其中接受比较好的，有《青铜葵花》和《羽毛》两部。这两部作品的读者评论显示，他们还是读到了曹文轩作品中的真、善、美，对中国文学有了正面的印象。曹丹红和许钧认为"风格只是体现文学性的一个重要层次，文学作品另一个重要层次是它开拓的精神世界"（2017），这也许是对其最好的解释。译文读者在重生的作品里依然读到了作品呈现的美好的精神世界。而其他作品的接受则不理想，有几部甚至都没有进入主流销售渠道。相比之下，造成这些差异的，既有译者对译本的处理原因，即翻译策略的差异，也有其他行动者如出版社、版权代理人的原因。其中，带有"送出去"色彩的几部，如《草房子》、"曹文轩汉英双语作品集"、《甜橙树》，接受效果都不佳。

7.2　对中国儿童文学外译的启示

曹文轩作品的英译中有成功的经验，也有失败的教训，可以为更大范围的中国儿童文学外译提供实践借鉴。具体体现在：

第一，中国儿童文学要走出去，要考虑到世界政治场域和世界儿童文学场域的影响。具体来说，只有中国政治地位的提高，才能激发异域读者对我们更大的热情，中国儿童文学走出去才能更为顺利。近年来，中国儿童文学发展迅速，在世界儿童文学场域内也取得了一席之地，要在走出去方面走得更顺利，还需要中国儿童文学界齐心协力，进一步在世界儿童文学场域内取得优势地位。

第二，中国国家翻译实践要改变形式，要采取和商业实践相结合的形式。雷默认为，中国想要在世界上树立良好形象，不是要硬性地推销中国文化，而应该保持开放的姿态从而吸引对方的关注（姜智芹，2014）。在海外图书市场上，中国出版社始终是"外来者"，而外国的出版社则更容易了解外国读者的阅读习惯和消费习惯，再加上"自己人效应"，译介效果好于中国出版社。"从目前来看，中国文学外译的一条重要途径是国外译介者看重某部作品主动翻译后不遗余力地加以推介"（曹丹红，许钧，2016）。如何做到让国外译介者认同和看中我们的作品，这是摆在我们面前的最重大的课题。

第三，要慎重选择出版社，尽量选择知名度高的出版社。翻译生产和接受中的行为者参与的资本对最终的接受至关重要。曹文轩的这些作品在中国都由行业内知名度高的出版社出版，但是看似繁荣的版权转让签约的另一端，海外出版社的层次却参差不齐，直接导致几个弊端：签约后没有下文，英文版迟迟不出版；签约后对方出版社找的译者文化资本不够，提供的译文质量低下；对方出版社没有能力进一步做好市场推广工作，从而影响译作的流通和接受。放大了看，这样的情况在中国儿童文学外译乃至中国文学和中国文化外译过程中，并不在少数。"小说译介和传播的渠道不畅，国外主流出版机构参与度不高，成为制约中国文学走出去的主要问题之一"（朱波，2014）。

好的海外出版社，从译本的选择、翻译文本的编辑与出版、译本的推广与传播、市场的开拓与读者的接受，都能起到推动作用。出版者的象征资本、社会资本、经济资本越丰富，其能够招募到的图书分销商就越多，如亚马逊、书库等大牌电商。出版社的资本越多，整体营销实力就越强。出版社的资本越丰富，能够招募到的书评人就越多，书评人的影响力就越强。

第四，要重视版权代理人的作用。版权代理人对整个行业非常了解，掌握大量的作家和出版信息，是中国文学走出去的重要推手，《青铜葵花》的英译就是一个绝佳的典范。中国外文局副局长兼总编辑黄友义积极倡议通过专业经纪人／代理商推动中国文化的国际传播（徐豪，2013）。

第五，译文的质量始终是根本，最终吸引读者的，还是译文呈现的作品本身。在翻译儿童文学作品时，要考虑到儿童的特点，儿童对异质性的容忍度要低于成人，不可操之过急，输出完全异化的译文，会给儿童读者带来阅读障碍。目前中国儿童文学在英国国家可以说仍然处于起始阶段，对方文化对中国文学文化异质性的保留与重现一时无法达到较高水平也属于正常。许钧认为中国当代文学在西方国家的译介仍然处在初级阶段，因此在翻译时，要考虑到读者，进行适时适地的调整，这样才能吸引西方读者的兴趣（2013）。在这个前提下，要尽量保留儿童文学作品的儿童性和童趣性。此外，译者的双语能力也是我们要注意的，选择具有丰富文化资本的译者，能够最大程度上避免误译的发生。

第六，最终呈现在国外读者面前的译文的面貌并不是影响作品接受的唯一因素。谢天振指出，"文学、文化的跨语言、跨国界传播是一项牵涉面广、制约因素复杂的活动，决定文学译介效果的原因是多方面的"（谢天振，2014）。因此，在这场社会化大生产中的每个环节都是我们要关注的。

7.3　研究局限和未来研究空间

因为各种主客观原因，本研究还存在以下局限性：

一方面，译者惯习的研究主要有两个途径，一是对译者的社会生活轨迹展开调查，如从小的生活环境、教育背景；二是获得译者本身对这些经历的评价与态度。本研究涉及到的译者都不是名家，有关他们的社会生活轨迹的记录不够丰富，唐芳就曾经提出这种途径缺乏实际操作性（2012），获得的他们本人对这些经历的评价与态度也相当有限，这些是本研究的后续研究可以跟进的地方，可以采用问卷和采访的形式，听到译者本身的声音，避免研究者作出过于主观的假设或猜想，能更好地回溯译者惯习。

另一方面，译作的接受情况除了网上书店、图书馆馆藏、媒体书评和书评网站的读者书评之外，还应该包括实体书店在售情况和销量调查、读者问卷调查，等等。此外，因为儿童文学作品拥有双重读者，而在网络上发表书评的多为成人读者，儿童读者的声音没有被听见，这也是本研究的一大遗憾。在后续研究中，可以专门设置针对儿童读者的问卷调查以了解儿童对于这些英译本的评价，从而使得接受效果的结论更完整、更科学。

参考文献

（一）英文参考文献

［1］Alvstad, Cecilia. *Ambiguity translated for children Andersen's "Den Standhaftige Tinsoldat" as a case in point* ［J］. *Target*, 2008a, 20（2）: 222–248.

［2］Arbuthnot, May Hill. *Children and Books* ［M］. Gleview, Illinois: Scott, Foresman and Company, 1964.

［3］Beckett, Samuel. *When modern Little Red Riding Hoods cross borders... or don't* ［J］. *Meta*, 2003, 48（1–2）:15–30.

［4］Bourdieu, Pierre. *Distinction: A Social Critique of the Judgment of Taste* ［M］. London: Routledge & Kegan Paul, 1984.

［5］Bourdieu, Pierre. *Codification* ［A］. *In M. Adamson [tr.]. In Other Words: Essays towards a Reflective Sociology* ［C］. Cambridge: Polity Press, 1990:76–86.

［6］Bourdieu Pierre. *The Logic of Practice* ［M］. Cambridge: Polity Press, 1990.

［7］Bourdieu, Pierre. and Loic J. D. Wacquant. *An Invitation to Reflective Sociology* ［M］. Chicago: University of Chicago Press, 1992.

［8］Bourdieu, Pierre. *The Forms of Capital* ［A］. In A. H. Halsey, Hugh Lauder, Philip Brown & Amy Stuart wells (eds). *Education: Culture, Economy, and Society* ［C］. Oxford & New York: Oxford University Press, 1997:46–58.

［9］Bourdieu, Pierre, Randal Johnson. *The Field of Cultural Production: Essays on Art and Literature* ［M］. Randal Johnson 9 (ed). Cambridge: Polity Press, 1993.

［10］Cao Wenxuan. *The Straw House: A Novel* ［M］. Sanfrancisco: Long River Press, 2005.

［11］Cao Wenxuan. *Sweet Orange Tree* ［M］. Beijing: Dophin Press, 2012.

［12］Cao Wenxuan. *Legends of the Dawang Tom: The Amber Tiles*. Better Chinese. 2014.

［13］Cao Wenxuan. *Bronze and Sunflower* ［M］. London: Walker Books, 2015.

［14］Cao Wenxuan. *Feather* ［M］. New York: Archipelago Books, 2017.

［15］Cao Wenxuan. *The Call of the Sky* ［M］. Cardinal Media Llc. 2018.

［16］Coillie, Jan Van. *The translator's new clothes translating the dual audience in Andersen's "The Emperor's New Clothes"* ［J］. Meta, 2008, 53 (3): 549–568.

［17］Coillie, Jan Van, Walter P. Verschueren. *Children's Literature in Translation: Challenges and Strategies* ［C］. Manchester: St Jerome Publishing, 2006.

［18］Dollerup, Cay. *Translation for reading aloud* ［J］. Meta, 2003, 48 (1–2): 81–103.

［19］Gouanvic, Jean Marc. *A Bourdieusian theory of translation, or the coincidence of practical instances: Field, habitus, capital and illusion* ［J］. *The Translator*, 2005 (2): 147–166.

［20］Holmes, James S. *Translated! Papers on Literary Translation and Translation Studies* ［M］. Amsterdam: Rodopi, 1972/1988.

［21］Houlind, Michael. *Translation and adaptations* ［J］. *Perspectives: Studies in Translatology*, 2001, 9 (2): 127–138.

［22］Hung, Eva. *Blunder or Service: the Translation of Contemporary Chinese Fiction into English* ［J］. Translation Review, 1991: 39–45.

［23］Inggs, Judith. *Aspects of the translation and reception of British children's fantasy literature in postwar Japan: With special emphasis on The*

Borrowers and Toms Midnight Garden [J]. *International Research in Children's Literature*, 2011a, 4（2）: 256–258.

[24] Inghilleri Moira. *Bourdieu and the Sociology of Translation and Interpreting* [J]. *The Translator*, 2005, 11（2）.

[25] Klingberg, Gote. *Children's Fiction in the Hands of the Translators* [M]. Lund: Liberforlag, 1986.

[26] Kruger, Haidee. *Exploring a new narratological paradigm for the analysis of narrative communication in translated children's literature* [J]. *Meta*, 2011b, 56（4）: 812–832.

[27] Lathey, Gillian. *Time, narrative intimacy and the child: Implications of the transition from the present to the past-tense in the translation into English of children's texts* [J]. *Meta*, 2003, 48（1–2）: 233–240.

[28] Lathey, Gillian. *The Translation of Children's literature: A Reader* [M]. Clevedon: Multilingual Matters Ltd., 2006.

[29] Lathey, Gillian. *The Role of Translators in Children's Literature: Invisible Storytellers* [M]. New York: Routledge, 2010.

[30] Lathey, Gillian. *Translating Children's Literature* [M]. New York: Routledge, 2016.

[31] Li, L. *A descriptive study of translated children's literature in China: 1898-1919* [J]. New Review of Children's Literature and Librarianship, 2004, 12（2）:189–199.

[32] Lu, Xiaobin. *Andersen's the "Little Match-Seller" in translation (children's literature, Danish, Chinese)* [J]. *Perspectives: Studies in Translatorlogy*, 1999, 7（1）:19–30.

[33] Mazi-Leskovar, Darja. *Domestication and foreignization in translating American prose for Slovenian children* [J]. *Meta*, 2003, 48（1–2）: 250–265.

[34] Mejdell, G. *Nattfuglene>Night Birds>Tuyar alayl textual reflexes of sociocultural norms in a children's book translated from Norwegian-via*

English-into Arabic ［J］. *Translation and Interpreting Studies*, 2011, 6
（1）:24–39.

［35］Nord, Christiane. *Proper names in translations for children: Alice in
Wonderland as a case in point* ［J］. *Meta*, 2003, 48 （1–2）: 182–196.

［36］Oittinen, Riitta. *Translating for Children* ［M］. New York/London: Garland
Publishing, Inc., 2000.

［37］Puurtinen, Tinna. *Linguistic Acceptability in Translated Children's Literature*
［M］. Joensuu: University of Joensuu, 1995.

［38］Puurtinen, Tinna. *Tenor in literary translation （examples from children's
literature).* ［J］. *Perspectives: Studies in Franslatology*,1998, 6（2）: 159–
173

［39］Pym, Anthony. *Sociocultural Aspects of Translating and Interpreting* ［C］.
Amsterdam/Philadelphia: John Benjamins Publishing Company, 2006.

［40］Romney, Claude. *On some aspects of English translations of Gabrielle Roy
for children* ［J］. *Meta,* 2003, 48（1–2）: 68–80.

［41］Rossi, Paula. *Translated and adapted-the influence of time on translation* ［J］.
Meta, 2003, 48（1–2）: 142–153.

［42］Shavit, Zohar. *Poetics of Children's Literature* ［M］. London: The
University of Georgia Press, 1986.

［43］Simeoni, Daniel. *The Pivotal Status of the Translator's Habitus* ［J］.
Target,1998（1）1–39.

［44］Steffensen, Anette Øste. *Two versions of the same narrative-Astrid
Lindgren's Mio, Min Mio in Swedish and Danish* ［J］. *Meta*, 2003, 48(1–2):
104–114.

［45］Stolze, Radegundis. *Translating for children-world view or pedagogics?* ［J］.
Meta, 2003, 48 （1–2）: 208–221.

［46］Sullivan, Emer. *Narratology meets translation studies, or, the voice of the
translator in children's literature* ［J］. *Meta*, 2003, 48（1–2）: 197–207.

［47］Thomson-Wohlgemuth, Gabriele. *Children's literature and translation under* the East German regime［J］. *Meta*, 2003, 48（1–2）: 241–249.

［48］Tyulenev, Sergey. *Translation and Society: An Introduction*［M］. London and New York: Routledge, 2014.

［49］Weissbrod, R. *Curiouser and curiouser: Hebrew translation of wordplay in Alice's Adventures in Wonderland*［J］. *The Translator*, 1996, 2（2）: 219–234.

［50］Wimmer, Natasha. The U.S. Translation Blues［J］. *Publishers Weekly*, 2001（21）:71–74.

［51］Wolf, Michaela,Alexandra Fukari (eds.).*Constructing Sociology of Translation*［C］. Amsterdam/Philadelphia: John Benjamins Publishing Company, 2007.

［52］Woodsworth, J. *Language, translation and the promotion of national identity: Two test cases*［J］. *Target*, 1996, 8（2）: 211–238.

［53］Wyler, Lia. *Harry Potter for children, teenagers and adults*［J］. *Meta*, 2003, 48（1–2）:5–14.

［54］Yamazaki, A. *Why change names? On the translation of children's books*［J］. *Children's Literature in Education*, 2002, 33（1）: 53–62.

（二）中文参考文献

［55］鲍晓英. 中国文学"走出去"译介模式研究［M］. 青岛：中国海洋大学出版社，2015.

［56］鲍晓英. 莫言小说英译研究［M］. 上海：上海交通大学出版社，2016.

［57］布尔迪厄,华德福. 实践与反思［M］. 李猛，李康译. 北京：中央编译出版社，1998.

［58］蔡瑞珍. 文学场中鲁迅小说在美国的译介与研究［J］. 中国翻译，2015（2）：37–41.

［59］曹丹红，许钧. 关于中国文学对外译介的若干思考［J］. 小说评论，

2016（2）：56-64.

［60］曹娟.基于审美价值判断的儿童文学翻译中的审美再现——以《青铜葵花》英译本为例［D］.上海外国语大学，2018.

［61］曹明伦.再谈儿童文学作品的翻译——兼谈篇名翻译与另撰篇名之区别［J］.中国翻译，2016（3）：115-118.

［62］曹文轩.甜橙树［M］.北京：海豚出版社，2012.

［63］曹文轩.天空的呼唤［M］.南京：江苏少年儿童出版社，2012.

［64］曹文轩.羽毛［M］北京：中国少年儿童出版社，2013.

［65］曹文轩.烟［M］.南昌：二十一世纪出版社，2014.

［66］曹文轩.黄琉璃［M］.北京：天天出版社，2014.

［67］曹文轩.草房子［M］.北京：天天出版社，2015.

［68］曹文轩.青铜葵花［M］.北京：天天出版社，2015.

［69］曹文轩."曹文轩中英双语作品集"［M］.北京：天天出版社，2016.

［70］曹文轩：坚定立足于这块土地并放眼世界.2016-04-13，http://www.sohu.com/a/69002475_119718.

［71］陈星星.中国文化"走出去"：最好的策略是收购海外出版社［N］.人民日报，2010-01-18.

［71］董海雅.中国当代儿童文学在英语国家的译介模式探析——以曹文轩《青铜葵花》英译本为例［J］.山东外语教学，2017（5）：88-95.

［73］杜明业，王炳炎.曹文轩作品海外传播及其启示［J］.科技与出版，2017（5）：106-109.

［74］杜伟.中国故事与纯洁童心——论曹文轩获奖的意义与启示［J］.海南师范大学学报，2017（4）：59-65.

［75］杜玉.翻译伦理视角下儿童文学翻译策略研究——以《青铜葵花》英译为例［D］.安徽大学，2017.

［76］樊希安.三联书店以品牌促发展［J］.企业文化.2010（2）：40-42.

［77］冯曼，仲伟合.翻译社会学视角下文化外译研究体系的构建［J］.外语研究，2014（3）：57-62.

［78］伏方雯.译介学视角下《青铜葵花》的翻译与传播［D］.陕西师范大学，

2018.

［79］高方，许钧.现状、问题与建议——关于中国文学"走出去"的思考［J］.
　　 中国翻译，2016（6）：57-62.

［80］何明星.莫言作品的世界影响地图——基于全球图书馆收藏数据的视角
　　 ［J］.中国出版，2012（6）：11-16.

［81］胡安江.中国文学"走出去"之译者模式及翻译策略研究——以美国汉
　　 学家葛浩文为例［J］.中国翻译，2010（6）：10-16.

［82］胡安江，胡晨飞.再论中国文学"走出去"之译者模式及翻译策略——
　　 以寒山诗在英语世界的传播为例［J］.外语教学理论与实践，2012（4）：
　　 55-61.

［83］胡牧.翻译研究：一个社会学视角［J］.外语与外语教学，2006（9）：
　　 48-55.

［84］黄文娟，刘军平.儿童文学翻译研究：再叙事的审美愉悦体验——《儿
　　 童文学翻译导论》述评［J］.2016（2）：82-93.

［85］季丽晔.曹文轩作品在日本的译介和研究［J］.安徽文学（下半月），
　　 2017（8）：32-33.

［86］贾燕芹.文本的跨文化重生——葛浩文英译莫言小说研究［M］.北京：
　　 中国社会科学出版社，2016.

［87］姜智芹.中国当代文学海外传播与中国形象塑造［J］.小说评论，2014
　　 （3）：4-11.

［88］李海虹.解读外国文学作品中"重复"结构的叙事意义［J］.语文学刊，
　　 2013（2）：73-75.

［89］李虹.探索中国当代儿童文学"走出去"的新途径——以杨红樱中英双
　　 语童书馆为例［J］.中国编辑，2018（2）：57-62.

［90］李宏顺.一部以译者为主线的英国儿童文学翻译通史——《儿童文学翻
　　 译中译者的角色：隐身的讲故事人》述评［J］.中国比较文学，2014（4）：
　　 197-202.

［91］李宏顺.国内外儿童文学翻译研究及展望［J］.外国语，2014（5）：
　　 64-72.

［92］李丽.生成与接受：中国儿童文学翻译研究（1898–1949）［M］.武汉：
　　　湖北人民出版社，2010.

［93］李文娜，朱健平.从"儿童的发现"到"为儿童而译"——中国儿童文
　　　学翻译观之嬗变［J］.外语教学理论与实践，2015（2）：80–97.

［94］刘金玉.镜中之镜：中国当代文学及其研讨会举行.2014–04–25 http://
　　　www.sinoss.net/2014/0425/49975.html

［95］陆志国.茅盾五·四伊始的翻译转向：布尔迪厄的视角［J］.解放军外
　　　国语学院学报，2013（2）：89–94.

［96］眉睫.中国童书走出去的可能性与必要性——以海豚出版社《中国儿童
　　　文学走向世界精品书系》为例［J］.出版广角，2013（5）：55–57.

［97］农柠宁."一带一路"倡议下中国儿童文学的外译及其"走出去"的意
　　　义和对策［J］.文教资料，2018（31）：1–2.

［98］潘雯辰.曹文轩《草房子》英译中"童趣"的失落［D］.浙江师范大学，
　　　2015.

［99］乔舒亚，库珀，雷默，等.中国形象：外国学者眼里的中国［M］.沈
　　　晓雷等译.北京：社会科学文献出版社，2006.

［100］沈丽娜.从娃娃抓起：也说中国童书"走出去"［J］.出版广角，
　　　2013（6）：44–46.

［101］石琼.《青铜葵花》的写作与翻译——记国际儿童读物联盟秘书长 Liz
　　　Page 采访曹文轩和 Helen Wang［J］.佳木斯职业学院学报，2018（5）：
　　　336–337.

［102］石转转，李慧.布尔迪厄社会学视角下的翻译理论与实践研究——以
　　　刘宇昆《看不见得星球》英译为例［M］.成都：西南财经大学出版社，
　　　2017.

［103］宋安妮.卢曼的社会系统理论与翻译研究探析——论翻译研究的社会
　　　学视角［J］.外国语文，2014，（3）：132–134.

［104］孙宁宁.中国儿童文学译介模式研究：以《青铜葵花》为例［J］.中
　　　国矿业大学学报（社会科学版），2017.

［105］唐芳.翻译社会研究新发现——Sela-Sheffy 的惯习观探索［J］.外语

研究，2012（5）：82-91.

[106]佟慧廷.曹文轩儿童小说语言研究［D］.河南大学.2013.

[107]屠国元.布尔迪厄文化社会学视阈中的译者主体性［J］.中国翻译，2015（2）：31-36.

[108]王传英.翻译规范理论的社会学重释［J］.上海翻译，2013（3）：14-19.

[109]王传英，葛亚军，赵林波.社会经济网络始于当下的当代翻译研究［J］.外语教学，2015（4）：98.

[110]王洪涛.构建"社会翻译学"：名与实的辨析［J］.中国翻译，2011（1）：17.

[111]王洪涛.社会翻译学研究：理论、视角与方法［M］.天津：南开大学出版社，2017.

[112]王宏印.筚路蓝缕，锲而不舍——关于我国当下社会翻译学的可贵探索［A］.王洪涛编.社会翻译学研究：理论、视角与方法［M］.天津：南开大学出版社，2017.

[113]王建开."走出去"战略与出版意图的契合：以英译作品的当代转向为例［J］.上海翻译，2014（4）：1-7.

[114]王静.曹文轩儿童文学作品的海外传播及启示［J］.对外传播，2018，（6）：56-58.

[115]王泉根.中国儿童文学走向世界的意义［J］.出版广角，2013（11）：40-41.

[116]王泉根.百年中国儿童文学编年史［M］.长沙：湖南少年儿童出版社.2017.

[117]王伟英，赵林波.从翻译场域看译入语社会经济网络的运行［J］.外语教学，2017（1）：87-88.

[118]王祥兵.海外民间翻译力量与中国当代文学的国际传播——以民间网络翻译组织 Paper Republic 为例［J］.中国翻译，2015（5）：46-52.

[119]王悦晨.从社会学角度看翻译现象：布尔迪厄社会学理论关键词解读［J］.中国翻译，2011（1）：5-15.

［120］王志勤，谢天振.中国文学、文化走出去：问题与反思［J］.学术月刊，2013（2）：21-27.

［121］汪宝荣.葛浩文英译《红高粱家族》生产过程社会学分析［J］.北京第二外国语学院学报.2014（12）：20-30.

［122］武光军.翻译社会学研究的现状与问题［J］.外国语，2008（1）：75-82.

［123］谢天振.中国文学"走出去"不只是一个翻译问题［J］.中国社会科学报，2014（1）：24.

［124］邢杰.译者"思维习惯"——描述翻译研究新视角［J］.中国翻译，2007（5）：10-15.

［125］徐德荣.儿童文学翻译刍议［J］.中国翻译，2004（6）：21-24.

［126］徐德荣.论儿童文学翻译批评的框架［J］.中国翻译，2014（2）：66-71.

［127］徐德荣.儿童本位的翻译研究与文学批评［M］.南昌：二十一世纪出版社，2017.

［128］德荣，何芳芳.论图画书文字突出语相的翻译［J］.外语研究，2015，（6）：78-82.

［129］徐德荣.儿童本位的翻译研究与文学批评［M］.南昌：二十一世纪出版社，2017.

［130］徐德荣，王翠转.前景化与创作童话翻译的审美再造［J］.外国语文研究，2018（5）：93-99.

［131］徐德荣，杨硕.论儿童文学翻译批评的"求真—务实"综合模式［J］.外语研究，2017（1）：85-90.

［132］徐豪.翻译推动中国文化"走出去"［J］.中国报道，2012，（12）：77-79.

［133］徐豪.作家也需要经纪人［J］.中国报道，2013（5）：83.

［134］徐家荣.儿童文学翻译对译文语言的特殊要求［J］.中国翻译，1988（5）：15-19.

［135］徐家荣.儿童文学翻译中形象再现的艺术手法［J］.中国翻译，

1991（6）：49-53.

［136］许钧.我看中国现当代文学在法国的译介［J］.中国外语，2013（5）：
10-12.

［137］许钧.关于加强中译外研究的几点思考——许钧教授访谈录［J］.中
国翻译，2014（1）：71-75.

［138］许诗焱，许多.译者——编辑合作模式在中国文学外译中的实践——
以毕飞宇三部短篇小说的英译为例［J］.小说评论，2014（4）：
11-20.

［139］严维明.谈谈儿童文学作品的翻译——新译《汤姆·索耶历险记》点
滴体会［J］.中国翻译，1998（5）：52-54.

［140］杨矗.文学性新释［J］.上海师范大学学报（哲学社会科学版），
2012（2）：107-117.

［141］杨九龙，左阳.基于OPAC的高校图书馆网络书评研究［J］.2012，
第4期，10-14.

［142］应承霏.近30年国外儿童文学翻译研究：现状与趋势［J］.中国翻译，
2015（3）：119-127.

［143］翟丽豪.评价理论视角下《甜橙树》英译本研究［D］.郑州大学，
2017.

［144］张道振.奇幻型儿童小说语言资源运用及其翻译研究——以Alice in
Wonderland及其汉语翻译为例［J］.当代外语研究，2015（6）：
40-45.

［145］张建青.清末儿童文学译介述评［J］.东方翻译，2015，第4期，
19-23.

［146］张树芳.优势竞赛论视角下《草房子》英译本诗意元素的翻译技巧研
究［D］.西华大学，2017.

［147］张苇.传播学视域下曹文轩作品译介策略研究.合肥学院学报（综合
版）［J］.2018（6）：64-68.

［148］张晓.传播主体理论视角下中国儿童文学"走出去"——以曹文轩作
品为例.考试与评价（大学英语教研版）［J］.2018（1）：18-23.

[149] 赵苨. 到中国抢作家 [J]. 中国企业家, 2012 (12): 106-109.

[150] 赵巍. 关于"社会翻译学"的再思考. 西安外国语大学学报 [J]. 2013 (1): 109-112.

[151] 张丽艳. 对话理论视角下的儿童文学翻译——以《青铜葵花》英译本为例 [D]. 太原理工大学, 2017.

[152] 张明舟, 曹文轩. 让中国儿童文学有尊严地走出去 [N]. 工人日报, 2016-04-18 (7).

[153] 张群星. 跨文化交流中的中国儿童文学英译——以《淘气包马小跳》为例 [J], 长春工程学院学报 (社会科学版), 2011 (2): 85-88.

[154] 张岩, 梁耀丹, 何珊. 中国文学图书的海外影响力研究——以近五年 (2012—2016 年) 获国际文学奖的作家作品为视角 [J]. 出版科学, 2017 (3): 107-113.

[155] 赵霞. 曹文轩与中国儿童文学的国际化进程 [J]. 当代作家评论, 2016 (3): 80-86.

[156] 中国首位国际安徒生奖作家曹文轩: 我们与孩子一起, 凝视世界 [EB/OL]. [2019-03-20]. http://blog.sina.com.cn/s/blog_a299d0d80102wbb4.html.

[157] 朱烨洋. 邬书林: 以高度责任感做好版权输出统计工作 [EB/OL]. [2013-07-01]. http://www.sapprft.gov.cn/sapprft/contents/6580/338789.shtml.

[158] 周俐. 文本的适度回归: 翻译社会学研究的微观发展——看 20 世纪 20 年代新月派翻译实践 [J]. 外国语文, 2013 (4): 147-150.

[159] 周晓梅. 文化外译中译者的文化认同问题 [J]. 小说评论, 2016 (1): 65-72.

[160] 朱波. 小说评介与传播中的经纪人 [J]. 小说评论, 2014 (3): 12-18.

[161] 左眩. 曹文轩《羽毛》: 一根幸运"羽毛"的征程 [N]. 文艺报, 2016-04-05.